妃は陛下の幸せを望む 2

池中織奈

Orina Ikenaka

RB

レジーナ文庫

登場人物紹介
アースグラウンド
アストロラ王国の国王。後宮の妃たちにあまり興味がなかったが、最近妙にレナのことが気になっている。
レナ
国王の妃の一人で、侯爵令嬢。大好きな彼のため、自分にできることはなんでもしようと奔走中。

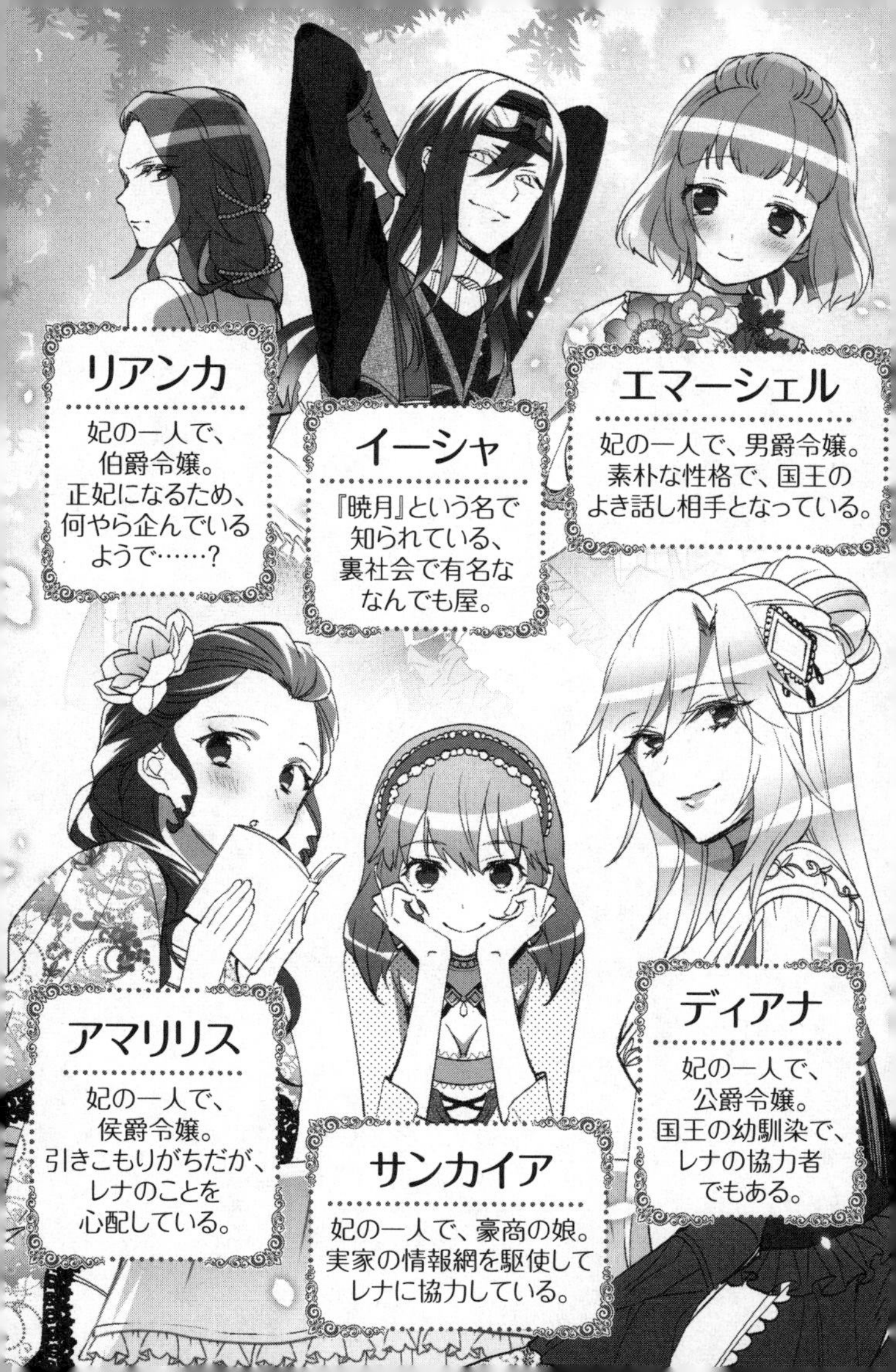
リアンカ
妃の一人で、伯爵令嬢。正妃になるため、何やら企んでいるようで……？
イーシャ
『暁月』という名で知られている、裏社会で有名ななんでも屋。
エマーシェル
妃の一人で、男爵令嬢。素朴な性格で、国王のよき話し相手となっている。
アマリリス
妃の一人で、侯爵令嬢。引きこもりがちだが、レナのことを心配している。
サンカイア
妃の一人で、豪商の娘。実家の情報網を駆使してレナに協力している。
ディアナ
妃の一人で、公爵令嬢。国王の幼馴染で、レナの協力者でもある。

目次

妃は陛下の幸せを望む 2

「ひっく……ひっくっ……」

十年前の、ある晴れた日。

まだ幼《おさな》かった私はお城のパーティーから抜け出して、中庭で泣いていた。

六歳になった私は父に連れられ、その日生まれて初めてパーティーに出席した。

ミリアム侯爵家の令嬢として相応《ふさわ》しい振る舞いをしようと意気込んでいたのだが、少し年上の侯爵令嬢に「ここはマナーのなっていないお子様が来るところではなくてよ」と意地悪を言われてしまったのだ。

蔑《さげす》むような目で睨《にら》まれて、身が竦《すく》んだ。

どうしていいかわからず、私は会場を飛び出してしまった。

「ふぇっ……うっ……」

貴族令嬢たるもの、これくらいのことで泣いてはダメだとわかっていた。

わかっていても、溢《あふ》れる涙を止められない。

私は人目を避けて庭の隅《すみ》にうずくまっていた。

その時、背後から声が聞こえた。

「誰かいるのか？」

私は驚いて顔を上げる。

すると、見たことがないくらい綺麗《きれい》な少年が現れた。

あまりにも整った顔立ちに目を奪われて、涙が止まる。

パーティーで言われた意地悪なんかどうでもよくなってしまった。

心臓が激しく脈打つのがわかる。

この国では珍しい漆黒《しっこく》の髪が、強く目に焼きついた。

私は真っ黒な髪を持つ人を、それまで見たことがなかった。

瞳は晴天を思わせる青色で、質のいい布を使った上等そうな服が、少年の美しさを引き立てている。

「どうしたんだ？」

少年はそう問いかけてきた。声には、私を心配するような響きがある。

「えっと……」

「泣いていただろう？　何かあったのか？」

「……パーティーで……他の子に、意地悪なことを言われちゃったの。私……っ、い、一生懸命、頑張っていたつもりだったけど……っ。全然、できていないって……」

わけを話していると、また涙がこぼれてきた。

社交の場に相応《ふさわ》しい振る舞いをしようと、一生懸命頑張っていたつもりだった。でも、初めてのパーティーに浮かれていて、マナーが疎《おろそ》かになっていたのかもしれない。

「そうなのか……もしかして、パーティーは初めてか？」

「はい……」

私が涙を流しながら小さく頷くと、彼は目の前にしゃがみ込んで優しく話しかけてきた。

「初めてのパーティーでそんなことがあったなんて、大変だったな。けれど貴族が集まる場ではよくあることでもある」

彼の声は穏やかで、聞いていると、不思議と気持ちが落ち着いた。

「誰だって最初は上手くいかないものだ。次からは失敗しないように注意すればいい。そうやって人は学んでいくんだよ」

「そう、なの？」

「ああ。だからそんなに落ち込む必要はない。これから頑張ればいい。もう泣くな」

そう言って、彼はハンカチを差し出した。

私を安心させるような、優しい笑みを浮かべている。

最初はその美しさに……そして次はその優しさに、私はどうしようもないほど心惹《こころひ》かれた。

ハンカチを受け取り、彼の目を見つめて口を開《ひら》く。

「……貴方のお名前は？」

「アースグラウンド・アストロラ。この国の王太子だよ」

私の問いに、美しい少年は微笑んで答えたのだった。

第一章

「レナ様、お目覚めの時間ですよ」

侍女の一人であるカアラの声で目が覚める。私――レナ・ミリアムは、後宮の自室にあるベッドから体を起こし、ぐっと伸びをした。

「……随分懐かしい夢を見ていたわ」

夢の内容を思い出しながらそうつぶやくと、カアラが大きな茶色の目を、興味深そうにこちらに向ける。

「どんな夢だったのですか？」

「昔のことよ。陛下と出会った時のことを夢に見たの」

「だから幸せそうな顔をなさっているのですね」

カアラが私の着替えを用意しながら微笑む。

私はあの日、アストロラ王国の王太子だったアースグラウンド様に恋をした。

それからというもの、あの方の力になるために様々な努力をしてきた。

外見を磨《みが》き、貴族令嬢としてのマナーを身につけ、少しでも多くの知識を得ようと勉強に励んだ。

そうして十年が経ち——

十六歳になった私はいま、国王となったアースグラウンド様の妃として後宮にいる。

この国では、国王や王太子の伴侶《はんりょ》を選ぶため、その候補となる令嬢たちを後宮に集める決まりがある。

普段、後宮は閉鎖されており、正妃や側妃《そくひ》を決める時にのみ建物が開《ひら》かれてきた。そこに各地から妃たちが集められ、その中から正妃や側妃《そくひ》に相応《ふさわ》しい者を選ぶという仕組みだ。

王太子になればいつでも後宮に妃を集められるようになるのだが、たいていは王位を継いでから正妃を選ぶ。正妃と同時に側妃《そくひ》を選ぶ場合もあれば、生涯側妃《そくひ》を持たない場合もある。

アースグラウンド様は前国王夫妻が急逝《きゅうせい》したため若くして王座につき、それと同時に後宮に妃が集められることになった。

私もそうして集められた妃の一人である。

カアラが手渡してくれたガウンを羽織《はお》って椅子に座ると、部屋の扉をノックする音がした。

「レナ様、お茶をお淹《い》れしましたわ」

そう言って、侍女のフィーノとメルディノが部屋に入ってきた。その後ろには、同じく侍女のチェリもいる。

いま入ってきた三人とカアラは、私が育てた侍女だ。

私は幼《おさな》い頃に、孤児だった彼女たちを引き取り、様々な能力を身につけさせた。陛下の力になるため、自分の手足として動いてくれる味方が欲しかったのだ。

彼女たちは、普通の侍女としての仕事を完璧にこなすだけでなく、戦闘や諜報活動も得意としている。

この後宮では、私の命令で情報収集を行《おこな》ったり、護衛をしたりしてくれていた。

彼女たちとは幼《おさな》い頃から共に過ごしてきたため、気心の知れた仲だ。

私のためならなんだってできると言ってくれるこの子たちのことを、私は本当に信頼している。

「レナ様、お茶を召し上がっている間に、少しご報告してもよろしいでしょうか?」

侍女たちの中で一番背の高いフィーノが、テーブルの上にお茶の入ったカップを置きながら言った。

「いいわよ。何か新しい情報でも手に入ったのかしら？」

「いえ……それが何も得られていなくて……」

フィーノが悔しそうな顔をする。彼女の言葉に頷きつつ、チェリも口を開《ひら》いた。

「ベッカ様が処罰されて以来、いままで騒がしかったのが嘘のように、後宮内は静まり返っています」

この国の後宮では、正妃の座をめぐる妃同士の争いが絶えず、命の危険にさらされることも珍しくない。

数週間ほど前、私はパーティーで毒を盛られかけ、その後暗殺者に襲われた。

暗殺者を差し向けたのは、妃の一人であったベッカ・ドラニア伯爵令嬢。

ベッカ様は、陛下に近づこうとする妃に嫌がらせをしたり、下級貴族の妃をいじめたりしていた。

さらに彼女は私を殺そうとしたばかりか、外部の男を後宮に引き入れて密通し、妊娠したら陛下の子供だと偽《いつわ》ろうとしていたのだ。

結局のところまだ妊娠していなかったようだが、ともあれそれらの悪事が明るみになり、ベッカ様は処罰された。

ただ、彼女はパーティーで私の飲み物に毒を仕込んだことについては認めなかった。

私はパーティーの夜以外にも何度か暗殺者の襲撃にあっていたのだが、その犯人もベッカ様ではないらしい。

ベッカ様が犯人ではないとすると、疑わしいのは同じ伯爵令嬢であるリアンカ・ルーメン様だ。

彼女はベッカ様と正妃の座をめぐって対立していたし、他の妃たちへのいじめも行《おこな》っていた。正妃になることに、相当執着しているのだろう。

だけどリアンカ様が毒を盛ったという証拠も、暗殺者を雇《やと》っていたという証拠もなかった。

とはいえ、リアンカ様が正妃になるために何かしようとしているのは間違いない。

もし、陛下が選んだ妃が力を持たない下級貴族だった場合、リアンカ様に潰されてしまうかもしれない。

陛下が何不自由なく正妃を選べるようにするため、私は特にリアンカ様の動きに注意していた。だけど……

「……平和だわね」

陛下やその部下がベッカ様の対応に気を取られている隙に、リアンカ様が目障《めざわ》りな私を亡き者にしようと動き出す可能性は十分にあった。

けれど、リアンカ様は動かなかった。

「平和なのはいいことではないですか」

メルがそう言って笑う。

「ええ。確かにそうだけれど、こうも急に静かになると、少し不安になるわ。でもリアンカ様はエマーシェル様のことに感づいたわけでもなさそうだし……本当に大人しくしているだけなのかしら。それとも水面下で何か企《たくら》んでいるのかしら」

後宮には、エマーシェル・ブランシュ様という男爵令嬢がいる。

およそ貴族令嬢らしくない純朴な少女であるものの、どうやら陛下は彼女のことを気に入っているらしいのだ。

集められた妃の中から正妃を選ぶ過程で、国王や王太子は妃たちと体の関係を持つ。

どうやらいまの陛下――アースグラウンド様は妃を抱くことを国王としての義務だと考えているらしく、夜伽《よとぎ》の時には必要最低限の会話しか交わさず、妃と共に夜を明かすこともない。

ところが、夜伽《よとぎ》以外では後宮に近づきもしなかった陛下が、ある時からエマーシェル様に会うために昼間に後宮を訪れるようになったのだ。

私が気づいた時には、まだ他の妃たちはこのことを知らなかった。けれど知られてしまえば、エマーシェル様の身が危険にさらされるだろう。

エマーシェル様は私のように護衛のできる侍女を連れていないし、そもそも彼女は警戒するということを知らないようで危なっかしい。

だから私はエマーシェル様を守るため、陛下が会っているのは私だという噂を流すことにした。

いまのところ私の企《たくら》みは上手くいっていて、リアンカ様はもちろん他の妃たちも皆、その噂が嘘だと気づいていない。

「エマーシェル様のことはバレていませんわ。彼女の周囲にも変わった様子は見られません」

「大丈夫ですよ、レナ様。ベッカ様が処罰されたのを見て、リアンカ様も大人しくしているのかもしれませんし」

侍女たちが口々に言う。

彼女たちの言う通り、リアンカ様が慎重になっているという可能性はあるだろう。

「でも……リアンカ様は正妃になることを諦《あきら》めたりしないでしょうね」

「それは、そう思いますわ」

私の言葉に、カアラが真面目な顔をして頷く。

リアンカ様は、ベッカ様の件を受けて多少やり方を変えるかもしれないが、基本的に行動を改めることはないだろう。その証拠に、彼女は表立った動きは控えているものの、自分の味方の妃たちとはマメに会っている。

何かを企《たくら》んでいるかもしれないし、警戒することは決して無駄ではない。

「レナ様、もし何かあっても、私たちが絶対にレナ様を守りますわ」

フィーノがそう言って笑ってくれる。

「ふふ、ありがとう。フィーノ」

心からの言葉だとわかるからこそ、本当にこの子たちが好きで、大切だと改めて思う。

「貴方たちがいてくれるとはいえ、何が起こるかわからないのだから警戒はしておくべきだわ。暗殺者という手は使えないと証明されたようなものだし、いままでとは違う手段で何か仕掛けてくるかもしれないもの」

ベッカ様が私に暗殺者を差し向けて失敗したことは、既に後宮中の妃たちの知るところとなっている。

つまり、私を害するために暗殺者を送り込んでも、そう簡単にはいかないと知らしめたようなものだ。

それを理解したうえで私を排除しようとする者がいるならば、もっと別の行動を取るはず。

その別の行動がなんであるか、というのが問題だ。

「そうですね。そもそもあの程度の暗殺者で、私たちの大切なレナ様を殺せると思っているのが間違いですわ。まぁ、どんな手を使ったとしても、私たちがいる限り、レナ様を傷つけさせはしないのですけれど」

「レナ様のことは絶対に守ってみせます」

フィーノに続いて、チェリもそう言ってくれた。

「ありがとう。私も貴方たちくらい強ければよかったのだけど……」

貴族の令嬢には不要な力だろうけれど、私はある程度の護身術を身につけている。けれどこの後宮で身を守るには十分だとはいえない。もっと私に戦う力があったら、この子たちを危険な目にあわせることなく自分の身を守れるのに。

そうした力があれば、陛下のことも守れただろうと思う。

「守るのは私たちの仕事ですから。レナ様は自分のやるべきことをやってください」

「そうですよ。レナ様にそんな力があったら、私たちのお役目がなくなってしまいますし」

私の言葉に、フィーノとチェリが答える。

ちょうどその時、ドアをノックする音が聞こえて、三人の侍女が入ってきた。

私が妃になった際に、後宮側から新しく付けられた侍女たちだ。

三人が私に一言ずつ挨拶《あいさつ》すると、フィーノ、メル、カアラが彼女たちに仕事の指示をするために私の傍《そば》を離れた。

その様子を眺めながら、フィーノに淹《い》れてもらったお茶を飲む。茶葉の香りが口の中に広がると、ふっと肩の力が抜けた気がした。

たとえ私に身を守る力があったとしても、一人で全てのことができるわけではない。

だから、こうして侍女たちの力を借りているのだ。

私の足りない部分を補ってくれる彼女たちには、感謝してもしきれない。

彼女たちがいなければ、私は自分の目的を達成しようとする中で、もっともどかしい思いをしていただろう。

私の目的とは、陛下を幸せにすることだ。

そのために私は、陛下が心から愛する方に、正妃になってほしいと思う。

人を愛《いと》しいと思うことは、とても幸せなことだ。

私はそれを、陛下に恋することで知った。

貴族社会では政略結婚が当たり前だけれど、もし陛下が自分の愛する人と生涯を共にできるなら、きっと陛下の人生は豊かで幸福なものになるだろう。

陛下はエマーシェル様のことを気に入っているようだけれど、それが恋愛感情なのかどうかはまだわかっていない。

私は早く陛下のお考えを知って、あの方の望む妃を正妃にするために行動したいと思っている。

けれど後宮が荒れているままではそれも難しい。だから私はまず、陛下が自由に正妃を選べるような環境を整えようとしているのだ。

陛下のお考えを探ることと、後宮を平和にすることを同時にできればいいのだが、なかなかそこまでは手が回っていなかった。

陛下が正妃に望んでいる妃とは誰なのだろうか。

私が聞いたところで陛下が答えてくださるとは思えないけれど、もし教えてくださるならば、私は喜んでその方を正妃にできるよう手助けするのに。

そんなことを考えていると、どうしようもないほど陛下への思いが溢《あふ》れてきて、胸がいっぱいになる。

後宮に来て、陛下に何度も抱かれて、こんなにも私の心を動かすのは、やはり陛下だけだと感じた。

私が冷静ではいられなくなるくらい激しい恋心を抱いてしまう相手は、陛下だけなのだ。

「レナ様、ぼーっとしていますが、どうしましたか？」

物思いにふけっていると、すぐ傍《そば》に控えているチェリが顔を覗き込んできた。

「陛下のことを考えていたの。あの方は結局のところ、誰を正妃にしたいと思っていらっしゃるのかしら？」

陛下がエマーシェル様と昼間に会っていることを知ってから、陛下が彼女に恋しているのかどうか調べたり、彼女が正妃になることを想定してみたりした。

もし陛下がエマーシェル様を正妃にと望まれたなら、正妃に必要な知識やマナーを教えて差し上げられるよう、準備もしてある。

けれど、実際の陛下のお心を知ったうえで動いていたわけではないのだ。陛下と私の距離は決して近くはなく、その願いを知れるほどの仲ではない。

「さぁ……それは私にもわかりかねます。ですが、カアラがトーウィン様に探りを入れているので、そのうち何かわかるのではないでしょうか」

トーウィン様というのは陛下直属の文官で、カアラに思いを寄せている青年だ。

ひょんなことから彼と協力関係を結ぶことになって以来、頻繁《ひんぱん》に情報のやり取りをしている。

そこで私は、ふとあることを思い出す。

「そういえば……最近陛下の様子が少し変なように感じるの」

チェリにだけ聞こえるよう、小さな声で言った。

思い返せば、ベッカ様が処罰されたあとくらいから、陛下の様子はおかしかった。ベッカ様が後宮を去ってから初めて陛下が私のもとを訪れた夜、私に何かを言おうとしていたけれど、結局何も言わなかったのだ。

そして最近になって、ただ淡々と義務を果たすためだけに私のもとを訪れていたあの方が、自分から私に話しかけてくるようになった。

今日は何をしていたのかとか、どんな紅茶が好きなのかとか、そんな他愛のないことばかりだけれど、いままでの陛下の態度からは考えられないことだ。

陛下は私がエマーシェル様を守るために嘘の噂を流していることに気づいている。そのせいで私は、何かよからぬことを企《たくら》んでいるのではないかと疑われてさえいたのに。

私に話しかけてこられるのは、何かお考えがあってのことなのだろうか？

余計なことで陛下のお手を煩《わずら》わせないためにも、あの方が何を思っていらっしゃるのか、わかればいいのだけれど……

カアラがトーウィン様から何か聞いているかもしれない。そう思ってチェリに尋ねてみると、彼女はなんともいえない顔をした。

どことなく喜んでいるようにも見える。

「チェリは心当たりがあるの？」

「はい、少し」

「……それは？」

「まだ断言できるわけではないので、確認してからご報告します」

そう言われてしまった。

確認してからとは言うものの、彼女の表情からして、既に何かを確信しているのではないかと思う。

だけど、私の信頼する侍女がいまは言うべきではないと判断しているのだから、無理やり聞き出すのはやめた。

とはいえ、ずっと陛下をお慕《した》いしている私にもわからないことが、侍女にはわかっているようなのが少し悲しい。

彼女よりは陛下の近くにいるはずなのに、あの方の態度が変化した原因を推測すらできないだなんて……。

もっと頑張らなければ。平和で落ち着いた日々もいいけれど、何も考えずにゆっくりしているわけにはいかない。

ベッカ様が処罰されたことによる影響について考えなければならないし、陛下とエマーシェル様の関係についてももっと詳しく調べていく必要がある。

今度、エマーシェル様に会いに行ってみようかしら？

でも、陛下が私のもとに通っているという噂を流しているいま、私が動けば目立ちすぎる。

彼女と私の仲が良いと、他の妃たちに誤解される可能性もあるだろう。

そうなれば、エマーシェル様がリアンカ様から目を付けられてしまうかもしれないし、彼女に協力している他の妃たちからいじめられてしまうかもしれない。

そうならないためにエマーシェル様のフォローをしてきたのに、私が動くことで注目されるなんて本末転倒だ。何か別の方法を考えなくては。

リアンカ様の動きについても、引き続き注意していきたい。このまま何も動きがないようであれば、こちらも対応を考え直さなければならない。

まだなんの証拠もつかめてはいないけれど、正妃になろうとして人を攻撃することも辞《じ》さなかったリアンカ様のことだ。きっと何か企《たくら》んでいるだろう。それを把握できていないというのは、私が後手《ごて》に回っている証拠だ。

私は次の一手をどうすべきかと、頭を悩ませるのであった。

＊

俺――アースグラウンド・アストロラは後宮に向かいながら、これから会う妃のことについて考えていた。

彼女の名はレナ・ミリアム。

第一印象は、ごくごく普通の貴族令嬢といったところだった。

だから彼女も、ベッカ・ドラニアやリアンカ・ルーメンと変わらず、正妃の座を狙っているのだと思っていた。

でもそうであるにしては、レナ・ミリアムには奇妙な行動が目立つ。

後宮で諍《いさか》いを起こしていた伯爵令嬢たちと真っ向から対立したかと思えば、下級貴族の娘であるエマーシェル・ブランシュをかばうような行動も取り始めた。

俺はレナ・ミリアムの行動を不審に感じるようになった。

彼女は、俺の幼馴染《おさななじみ》であるディアナ・ゴートエアや、直属の部下であるトーウィン・カサルを次々と味方につけていった。

ディアナやトーウィンは馬鹿ではないし、俺は彼らを信頼している。

けれどこうも不可解な行動をしているレナ・ミリアムを、彼らがなぜ信用するのかわからなかった。

もし彼女に上手く丸め込まれているのなら、俺が警戒しておかなければならない。

そう思っていた。

しかしベッカ・ドラニアが起こした事件にまつわる報告を聞いている時に、トーウィンからレナ・ミリアムの行動の理由を聞かされた。

『レナ様は、陛下を愛しているから行動しているだけですよ』

それまで俺はずっと彼女のことを疑っていたので、簡単には信じられなかった。

けれどももし仮に、彼女が俺のために動いていたのだとすると、不可解な行動にも説明がつくような気がする。

トーウィンの言うことを鵜呑《うの》みにするわけにはいかないが、レナ・ミリアムが俺に好意を抱いているのだとしたら、何を目的として動いているのだろう?

最近の俺は、彼女に興味を持ち始めていた。

後宮にあるレナ・ミリアムの部屋の扉をノックすると、彼女が笑顔で迎え入れてくれる。

「ごきげんよう、陛下」

そう言って綻《ほころ》んだ彼女の顔を、美しいと感じた。

レナ・ミリアムは、黄金に輝く髪を持つ、整った顔立ちの少女だ。歳のわりに大人びているけれど、歳相応の愛らしさも持ち合わせている。

でも、彼女の笑顔は作り物のようだと思う。

いや、実際に笑みを作っているのだろう。

貴族令嬢としてそつがなく、相手に不快感を抱かせるわけでは決してないが、全く本心が読み取れない。

その笑みを見ていると、彼女の全てが怪しく思えて、俺は疑心暗鬼《ぎしんあんき》になっていた。

けれどいまは、戸惑いのほうが大きい。

彼女が俺のことを好いているのかもしれないと思うと、どう接していいのかわからなくなるのだ。

トーウィンが言ったことを信じているわけではない。

けれど本当にレナ・ミリアムが俺のために動いてくれているのなら……

「少し……話をしないか」

気がついたら、そんなことを口走っていた。

レナ・ミリアムがやや驚いた顔をしたように思えたが、次の瞬間にはいつもの貴族令嬢らしい笑みに戻っていた。

「陛下のお望みとあれば、喜んで」

彼女はそう言って俺を部屋の奥へと誘《いざな》う。

俺がこんなことを言うのは珍しい。

妃たちを抱くのは、国王としての責務でしかないと思っているので、彼女たちとは必要以上に親しくしないようにしていた。

正直に言うと、あからさまに媚《こび》を売ってくる女たちが苦手だったというのもある。

だが国王として、結婚はするべきだ。

王族の血が途絶えるということは、国の存亡にかかわる。

だから、俺が子をなすのは当然のことだと理解はしていた。

ただ、できれば愛のない結婚ではなく、互いに思い合える相手と添い遂《と》げたい。

もし愛し合うことが難しくても、せめて互いに尊重し合えるような関係を築きたい。

夫婦仲が良い両親を見て育った俺は、密《ひそ》かにそんな思いを抱いていた。

とはいっても、高望みはできないだろうが……

国王の結婚ともなれば政治的なメリットがもっとも優先される。

正妃の決定権を持っているのは俺だが、貴族たちの力関係や、有力貴族の意向を無視するわけにはいかない。

しかも俺は急遽《きゅうきょ》王位を継ぐことになったため、自分の意見を通すだけの力もない。後宮を適切に管理することすらままならないのが現状だ。だから妃たちが起こす問題への対応は、いつも後手《ごて》に回っている。

「それで、どのようなお話をいたしましょう？」

レナ・ミリアムに話しかけられて、はっと我に返る。彼女はベッドのほうを示して俺に座るように促《うなが》しながら、にこにこと微笑んでいた。

彼女に聞かれて初めて、特別に話したい話題があったわけではないと気づく。

ただ、レナ・ミリアムと言葉を交わしたかっただけだ。

俺は気恥ずかしさをごまかすように、黙ってベッドに座った。

レナ・ミリアムはいつも笑っている。

俺がどんな態度を取ろうとも、彼女の笑顔は変わらない。

少し前まではそれが不気味で仕方なかったけれど、いまはなぜかもどかしく思う。

「レナ・ミリアム、お前は……何を考えているんだ？」

「ふふ、私はいつも陛下の幸せを願っておりますわ」

はぐらかされてしまった。

それでも俺は彼女の気持ちを知りたいと思っている。

何を考えているのだろうか。

俺の味方でいようとしてくれているようには見えるが、それはなぜなのか。

本当に、俺のことを愛してくれているのか――

そんなことを考えるけれど、もちろん直接聞けるはずがなかった。

＊

陛下の訪れがあった次の日。

いつものように自室で目覚めた私は、陛下に抱かれた幸福に浸《ひた》っていた。

私の全ては陛下のためにある。

私にできることならなんだってやりたい。

そんな思いがとめどなく溢《あふ》れてくる。

いま私が陛下のためにできることは、ベッカ様が処罰されたことで落ち着いた後宮が、再び荒れないようにすることだ。

この平穏な空気を乱す人物がいるとすれば、それはきっとリアンカ様だと思う。

リアンカ様は、私が流した偽《いつわ》りの情報を信じ、陛下が私を気に入っていると勘違いしているはずだ。だから私を排除しようと裏で動いているだろう。

そう思って、侍女たちに頼んで何度も探りを入れている。それにもかかわらず、いまだに尻尾《しっぽ》はつかめていない。

リアンカ様が何かを企《たくら》んでいるというのは、私の思いすごしなのだろうか。

いや、もしかしたら私が育てた優秀な侍女たちでも尻尾《しっぽ》をつかめないような、有能な手駒がリアンカ様の傍《そば》にいるのかもしれない。

そんな危険な存在を野放しにしていたら、後宮が大変なことになってしまう。陛下も正妃を選ぶどころではなくなるだろう。

だから私は、ある手を打つことにした。

「ごめんね、フィーノ。危険かもしれないけれど、リアンカ様のことを探りに行ってもらえないかしら？」

そうフィーノに頼んだ。

リアンカ様はベッカ様が処罰されてから、目立った動きを見せていない。いまのところ、後宮は平和だ。

何も問題が起きていないのなら、静観するのも一つの手かもしれないけれど、私はそうはしない。

こちらから動いてこそ、得られるものがあるのではないかと思うからだ。

いままでフィーノたちは、リアンカ様付きの侍女たちからそれとなく話を聞くなどして情報を集めてくれていた。

けれどその成果が得られていない以上、方法を変える必要がある。

「リアンカ様は必ず何かを企《たくら》んでいるはずよ。けれど彼女が妃である以上、一人でできることには限りがあるわ。だからきっと誰かに指示をして代わりに動いてもらっていると思うの。彼女に張り付いて、その証拠をつかんできてちょうだい」

これはとても危険な任務だ。

いままでより、もっと物理的にリアンカ様に近づいてもらうことになる。

もしリアンカ様がフィーノたちのように訓練された人間を雇《やと》っていたら、探っていることに気づかれるかもしれない。そうなったら、ただでは済まないだろう。

それでも、彼女ならきっと何かつかんできてくれると信じていた。

フィーノは私が育てた侍女たちの中でも腕利《うでき》きだ。というか、連れてきた侍女は全員腕利《うでき》きなのだけれど、彼女は四人のうちでもっとも諜報活動に長《た》けている。

私はフィーノの実力を信頼していた。

「はい、レナ様。レナ様の頼みごととあれば、どんなことでもいたしますわ」

フィーノは私の言葉に対して、笑みを浮かべて頷く。

彼女たちは本当に私の自慢の侍女だ。

第二章

あれからフィーノは、私の傍《そば》にいることが少なくなった。

彼女が調査に専念できるよう、カアラたちがそれ以外の仕事を全て引き受けたのだ。

フィーノは、一日に一度か二度は私の前に姿を見せるけれど、あとは私の指示した通りリアンカ様のことを探ってくれている。

そんなある日、妃の一人であるディアナ様とお茶をする機会があり、念のため彼女にもフィーノがリアンカ様のことを探っていると話しておくことにした。

「まぁ、そうなの。でもそれじゃあ、フィーノが危険じゃない？」

ディアナ様は私の話を聞くと、カップを置いて心配そうな顔をした。

彼女は王家と血のつながりがあるゴートエア公爵家の娘で、陛下の幼馴染《おさななじみ》でもある。

後宮が開《ひら》かれた当初は、最有力の正妃候補と目《もく》されていた。

けれどディアナ様には、騎士団長の一人息子であるキラ・フィード様という思い人がおり、そのことを知っている陛下はディアナ様のもとにだけは一切訪れていない。

ディアナ様が後宮に入ったのは、彼女が片思いしていたキラ様の気持ちを知るためだった。

なかなか素直に気持ちを伝えてくれないキラ様にやきもきしていたディアナ様に、陛下が後宮入りを提案したのだそうだ。陛下はキラ様とも幼馴染《おさななじみ》で、ディアナ様が後宮に入ればキラ様が焦って何か行動を起こすだろうと考えたらしい。

ディアナ様と陛下のもくろみは成功し、キラ様は後宮まで彼女を迎えに来た。二人はめでたく両思いになり、もはやディアナ様には後宮に居続ける理由がない。

だというのに、彼女は私の手伝いがしたいと言って、ここに残ってくださっている。

私にとって心強い協力者の一人だ。

「危険……かもしれませんわ。けれど私は……陛下のためになることを全力でやりたいと思っているのです。私が後宮にいられるのは陛下が正妃を選ぶまでの間だけですし、何より私が少し躊躇《ためら》った結果、陛下の不利益になるようなことが起きたらと考えると、何かせずにはいられませんわ」

私は自分の決意を伝えるように、ディアナ様の目を見つめて言う。

「それに早くこの件を片づけて、陛下が誰を正妃にしたいと思っているのか突き止めたいのです。リアンカ様を警戒しながら、陛下の本心を探ることは難しいですから」

ディアナ様はしばらく沈黙したあと、ふっと柔らかく微笑んで口を開《ひら》いた。

「……本当にレナ様はアースのことが大好きですわね」

「だ、大好きって……それは、確かですけれども……」

「そうやって赤くなるところも、とても可愛らしいですわ」

再びお茶の入ったカップを手に取りながら、ディアナ様は楽しそうに笑っている。

微笑ましいものを見るような目で見られて、私は余計に恥ずかしくなる。

「も、もう、そんな風にからかわないでください。それよりも、リアンカ様のことを探るフィーノのバックアップをお願いできますか？」

「ええ、それはもちろんですわ。私の侍女たちにも、フィーノの手助けをするよう指示しておきます」

ディアナ様は幼馴染《おさななじみ》という関係を生かし、陛下と直接情報のやり取りをしてくださっている。自分の侍女の中から手勢を割《さ》いて、情報収集や護衛の手伝いをしてくださることもあった。

ディアナ様も私と同じように、そういう訓練を受けた侍女を後宮に連れてきているのだ。

そんな彼女にフィーノのことを頼み、そのあと少し雑談を交わした。

話題はいま人気の恋愛小説作家、ティーンについてだ。

ティーンの書く小説は庶民だけでなく貴族女性の間でも評判で、私とディアナ様も大好きなのだ。

そして、ティーンは覆面《ふくめん》作家でもあった。読者の間では二十代の女性ではないかと噂されているものの、その正体は謎に包まれている。

「早くティーンの新作が読みたいですわ」

ディアナ様がそう言って切なそうにため息をつく。その表情からは、彼女が新作を心底待ち遠しく思っていることがわかった。

「そういえば、最近新しい作品が出ていませんわね。いつものペースだと、そろそろ出てもおかしくない時期ですわよね？」

私はそう答え、次はどんな物語なのだろうかと二人で予想し合う。

それから後宮に関する情報をいくつか共有して、私はディアナ様の部屋を辞《じ》した。

フィーノに指示を出してから、一週間ほど経過した。

私は自室の椅子に座りながら、調査に向かわせたフィーノの帰りを待っている。

日はとっくに暮れていて、夕食の時間も過ぎてしまった。

いつもは朝と夕方には必ず顔を見せるのに、今日は一度も姿を見ていない。

何かあったのだろうか。

嫌な予感がした。

リアンカ様は、私に対して思うところがあるはずなのに、相変わらず何もしてこない。ベッカ様が処罰されるまで行《おこな》っていた、他の妃への嫌がらせさえもしなくなった。フィーノが情報収集をしてくれているけれど、成果は得られていない。やはりリアンカ様は何も企《たくら》んでいないのだろうか。けれど私は、彼女の手駒がフィーノ以上に有能だったら……という可能性を考えてしまう。

妃の一人でしかない私が動かせる駒は、この後宮の中では少ない。私のテリトリーでないこの場所では、情報収集をするにしても限界があった。

ディアナ様たち協力者にも情報収集を頼んでいるが、そちらからも情報は得られていなかった。

「フィーノさん、遅いですね」

後宮から派遣されている侍女の一人がそうつぶやいた。

彼女たちはもともと王宮で働いていたので身元こそ確かだけれど、だからといって簡単に信用できるわけではない。悪気はなくても、彼女たちから私に不利な情報が漏れるかもしれないのだ。

だから彼女たちには、私がフィーノに何をさせているのかも教えていない。彼女には特別な仕事を頼んでいて、しばらく私の傍《そば》から離れるとだけ伝えてあった。

「そうね……」

私は侍女の言葉に一言だけ返す。そしてしばらく考えてから、また口を開《ひら》いた。

「貴方たちはもう下がってもいいわ。あとのことはカアラとメルに頼みます」

何か不測の事態が起きた時に私とカアラたちだけですぐ対応できるようにと、後宮から派遣された三人の侍女を下がらせる。

申し訳ないけれど、彼女たちはこの場にいないほうが都合がいいのだ。

心配そうな顔をしつつも退出していく彼女たちを見ながら、私は情報収集に向かわせたフィーノのことを思う。

リアンカ様について深く探ってもらうというのは、危険な行為だ。自分が命令したことではあるけれど、フィーノが何か危ない目にあっていないかと心配で仕方がない。

嫌な予感を振り払うため、少しだけ散歩をしようと部屋の外に出た。できるだけ身の危険がないよう、人目につきやすい中庭に向かうことにする。

ゆっくり歩く私の後ろから、カアラとメルがついてきた。

後宮は王の妃たちの集《つど》う場所ということもあり、とても綺麗《きれい》に整えられている。特に中庭は、色とりどりの花が咲き誇っており、まるで絵画のように美しい。

私は不安になる心をどうにか落ち着けたくて、その美しい光景を見つめた。そうしていると次第に胸のざわつきが収まってくる。

しばらく庭を眺めていたら、後ろから誰かの足音が聞こえてきた。

「レ、レナ様」

その声を聞いて驚いた。聞き間違いではないだろうかと思う。

けれど振り向いた先には、思った通りの人物——エマーシェル様がいた。

どうしてエマーシェル様が、私に声をかけてくるのだろうか。

そんな疑問が生じたのは当然のことだった。

私はエマーシェル様のことを一方的に気にかけているけれども、侯爵令嬢である私と男爵令嬢である彼女は、気軽に声をかけ合うほどの仲ではない。

もしかして、陛下がエマーシェル様のもとへ通っていることを私が意図的に隠しているのに気づいて、抗議でもしに来たのだろうか。

そんな風に勘ぐってしまったけれど、私を見つめるエマーシェル様の目には敵意など感じられなかった。

エマーシェル様がどういうつもりで声をかけてきたにせよ、私と話しているところを誰かに見られてはまずい。

この中庭は建物の中からよく見える。こうしているいまも、誰が見ているかわからないのだ。

陛下が私のもとへ通っているという噂が流れているため、私は後宮中から注目されている。そんな私がエマーシェル様と親しくしていると誤解されれば、リアンカ様にとって彼女は気に食《く》わない存在になりうる。

私は協力者であるディアナ様たちとでさえ、あまりおおぴっらに交流していないのだ。

それに、ディアナ様たちなら万が一誰かに狙われたとしても、彼女たち自身の力で対応できるが、エマーシェル様には無理だろう。

エマーシェル様を守るためには、一刻も早く彼女から離れなければ。

そう考えていると、エマーシェル様がおどおどした態度で口を開《ひら》いた。

「あ、あの、私……」

「エマーシェル様、私に話しかけてはいけませんわ」

私は彼女を冷たく突き放した。

少しでも楽しそうに話しているところを見られれば、それだけで私が彼女を特別に気にかけているように見えるだろう。

そんな風に思われてはいけない。むしろ、興味がないという態度を示さなくては。

「え、あの……」

エマーシェル様はやや面食《めんく》らったようだった。けれど話をやめるつもりはないらしい。

何かを言おうと、口を開《ひら》いたり閉じたりしている。

「私と話していては、貴方が狙われてしまうかもしれませんわ。だから失礼いたしますわね」

エマーシェル様が悲しそうな顔をしているのを見ると、悪いことをしたという気分になる。

でも、エマーシェル様のことを守るためには、心苦しくとも突き放さなければならない。

こうすることが、ひいては陛下のためになるのだ。

愛するあの方のためなら、私はいくらでも心を鬼にする。

「……待って！」

エマーシェル様が、私の手をつかんで引き留めようとした。

そんな彼女に私は告げる。

「エマーシェル様、軽率なことをしてはいけませんわ。私には今後一切、話しかけないようにしてくださいませ」

エマーシェル様は少し怯《おび》えたような顔をしたが、私は彼女の手を振り払って背を向けた。

エマーシェル様と仲良くしていると勘違いされるくらいなら、彼女を疎《うと》んでいると思われるほうがまだいい。

今回のことが誰かに見られていて、余計な誤解をされなければいいのだけれど……

そんな心配をしながら、私は自分の部屋へと戻るのだった。


「フィーノさん、まだ帰ってきていないのですか？」

後宮から派遣されている侍女の一人が、心配そうな顔をして尋ねてくる。

昨晩エマーシェル様と別れたあと、部屋でずっとフィーノの帰りを待っていたのだが、朝になっても彼女は戻ってこなかった。

「そうね」

自室でのんびり紅茶を飲んでいるように見せかけつつも、私は内心フィーノのことが心配でたまらなかった。

たった一日戻ってこなかっただけで大げさかもしれないが、どうも胸騒ぎがする。もちろん、任務の都合で戻ってこられない可能性は十分にあるけれど。

普通なら裏切りを疑わなければならない状況でもあるが、あの子が私を裏切ることなど絶対にないと、私は確信していた。

あの子は絶対に私のもとへ帰ってきてくれる。

……だからこそ、帰ってこないという事実は私の心を不安にさせた。もしかしたら、あの子は死んでしまったのではないかと。

生きてさえいてくれれば、それでいい。生きてさえいればどうにでもなる。でも死んでしまったら、どうしようもない。死ねば、そこで何もかもが終わってしまう。

「レナ様は……フィーノさんのことを大切に思っているわけではないのですね」

後宮から派遣されている侍女の一人がそんな風に言った。彼女たちは私の上辺《うわべ》の態度を見て、私がフィーノを大切にしていないと判断したのだろう。

大切に決まっている。

フィーノとは幼《おさな》い頃からずっと一緒だったのだ。ずっと一緒に育ってきたのだ。

陛下の力になりたいという私の我儘《わがまま》な願いを叶えるため、力になろうとしてくれている。

私の、可愛い侍女。

そんな彼女を、大切に思っていないわけがない。

「そう思うなら、それで構わないわ」

後宮という陰謀渦巻《うずま》く場所で貴族に仕えているにしては、彼女たちは素直すぎるように思う。

貴族とは、自分の感情を簡単に表に出さないものだ。些細《ささい》なことでも、弱みになりかねないのだから。

特に陛下の妃という立場ならば、余計にそういうことに気をつけなければならない。

だから、私は動揺していることを悟られないよう、仮面をかぶっている。

泣きたくても、泣いたりしない。

フィーノがいまどんな状況にあるのかはわからない。

でも、私は決して立ち止まりはしない。立ち止まることなど、できるわけがない。

そんなことをすれば、いままで積み上げてきたものが無駄になる。

私は、陛下の幸せのためならなんだってやってみせると決めたのだ。

それと同じ気持ちを、フィーノも私に対して持ってくれている。

だからフィーノも私のために、目的を果たして帰ってきてくれるはずだ。

＊

私はフィーノ。

侯爵令嬢レナ・ミリアム様に仕える侍女だ。

一週間前、私はレナ様の命令を受けて、リアンカ様のことを徹底的に探ることになった。

私がレナ様の侍女だということは、リアンカ様も知っている。

だから、私がリアンカ様に近づいて情報を探るのは危険なことだ。顔を見られてしまえば、それで身元がバレてしまうのだから。

でも、危険だったとしても、大好きなレナ様のためならなんでもしたかった。

ここ一週間、私はずっとリアンカ様に張り付いている。

けれどめぼしい情報が得られなかったため、今日は彼女の部屋を探ることにした。

いま、リアンカ様は自分のお気に入りの妃たちとのお茶会に出かけている。

その間に、私は部屋の中へと侵入した。

こうして他の妃の部屋に忍び込むなんて、とても緊張する。

もしリアンカ様が帰ってきたら？

誰かに見られてしまったら？

そんな心配はあるけれど、情報収集は必要なことだ。

私はまず、机の引き出しを開ける。

悪事の証拠になりそうな書類でも入っていないだろうか。

なんでもいいからレナ様のためになる情報が欲しくて一生懸命探す。けれど、見つからなくて焦りが出てくる。

その時、部屋の外から話し声が聞こえてきた。

リアンカ様が帰ってきたのかもしれないと思って、私はベッドの下へと隠れる。

そこは人一人がやっと入り込めるくらいの隙間しかない。

ベッドは大きいわりに高さがないので、誰かが覗き込まない限り見つかることはないだろう。

そうして隠れていると案の定、部屋の扉が開《ひら》いて誰かが入ってきた。二人分の足が見える。

「ああもうっ！　腹が立って仕方がないわ。どうして上手くいかないのかしら」

苛立ったような声がした。リアンカ様の声だ。

リアンカ様は私が隠れているベッドに腰掛けたようで、ドサッという音がした。

「本当にレナ・ミリアムが気に食《く》わないんだね」

今度は聞き覚えのない男の声がした。成人した男の声というよりは、まだ成熟しきっていない若い男の声だ。

「当然よ。いつも澄ました顔をして、忌々《いまいま》しいったらありゃしないわ。この間もあの女は――」

リアンカ様はレナ様の悪口を言っていた。

話している相手は誰なのだろうか。

私はベッドの下で一心に耳を澄ます。

姿を見ることはできないけれど、会話の内容や言葉遣いなどから、何かつかめるかもしれない。

それにしても、後宮の自室に男を入れるなんて……リアンカ様もベッカ様のように情夫を連れ込んでいたということなのだろうか。

そのわりには、リアンカ様と男の会話に甘い雰囲気はないけれど。

「方法はなんでも構わないわ。とにかく、レナ・ミリアムが正妃になれないようにしてほしいの。いままでに雇《やと》った者たちは成果を上げられなかったけれど、貴方には期待しているわ」

その言葉を聞いて確信する。

やはり彼女はレナ様を害そうと動いていたのだ。

「了解。けど、俺は自由に動かせてもらうよ」

男はリアンカ様に雇《やと》われているようだが、仮にも陛下の妃である女性とこんな風に軽い口調で話すとは。

この男は一体何者なのだろう。

どういう立場の人間なのか、さっぱり想像ができない。

そんなことを考えながらも、息を殺して耳を傾け続ける。

けれどそのあと、男はリアンカ様に退室を告げて、以降彼の声はしなくなった。

窓から出ていったのだろうか。

どちらの方向に去ったのか気配を探ろうとしたけれど、なぜかつかめなかった。

この私が気配をたどれないなんて……

どうやら彼は相当な手練《てだれ》らしい。

リアンカ様の悪事の証拠にはならないけれど、やっとつかんだ情報だ。

このことを早くレナ様に伝えたいと思うけれど、リアンカ様はなかなか部屋から出ていってくれない。

逸《はや》る気持ちを抑えながらしばらく待っていると、やっとリアンカ様が出ていった。

私は急いでベッドの下から這《は》い出し、部屋を飛び出そうとする。

けれど、ドアノブに手をかけようとしたとき……

「どこ行くの、鼠《ねずみ》ちゃん」

男の声と共に、突然私の視界はブラックアウトした。

＊

フィーノがいなくなってから、二日が過ぎた。

カアラがフィーノの捜索から戻り、私に報告を上げてくれる。

フィーノの足取りはつかめなかったが、王宮のほうでは人がバタバタと行き来していて、慌ただしい様子だったそうだ。

何か起こったのだろうか。

「それについては、もう少し詳しく事情を探ってもらえるかしら？　その他に何か変わったことは起きていない？」

私がそう尋ねると、カアラはもう一つだけ、と別の報告を始めた。

「最近アマリリス様の侍女が、私たちの動きを注視しているようですわ。ただ情報を把握するためだけに動いているようなので特に問題はないと思いますが、念のためお伝えしておきます」

「まあ、そうなの。私も問題ないとは思うけれど、一応動向は見ておいてね」

アマリリス様はレギオン侯爵家の令嬢である。

彼女は私よりも一つ年下で、後宮にいる妃の中でも若いほうだ。

後宮に入る前から、社交パーティーにも出席しない変わり者のひきこもり令嬢として有名だったのだけれど、後宮に入ってからも部屋にこもっていることが多い。

それだけでなく、彼女は何かと理由をつけて陛下の夜伽《よとぎ》を拒み続けている。

どうやら正妃になるつもりがないようだ。

ただ、流石《さすが》は侯爵令嬢と言うべきか、後宮の情報収集は怠《おこた》っていないらしい。私が自《みずか》ら狙われる立場になっていることも見抜いていて、危険だと忠告しに来てくださったこともある。

「アマリリス様のことはひとまず置いておくとして、王宮で何が起きたのかを早急に確認してきてくれるかしら？」

私がカアラにそう頼むと、彼女は静かに頷いて部屋を出ていった。

それから私は、なんとなく落ち着かなくて散歩に行くことにする。

部屋の外に出ると、なんとリアンカ様が待ち構えていた。

「ごきげんよう、レナ様」

「ごきげんよう、リアンカ様」

私の後ろに控えていたチェリとメルが、リアンカ様を見て警戒している気配がする。

当然だろう。フィーノがいなくなったこのタイミングで部屋の前で待っているなんて、どうしても警戒せざるを得ない。

「レナ様、最近調子はどうかしら?」

「おかげさまで、なんの問題もありませんわよ」

「問題がない？　あらあら、貴方は冷たい方なのね」

リアンカ様は楽しそうに笑っている。私の反応を面白がっているように見えた。

「何を根拠にそのようなことをおっしゃるのかしら」

「私は事実を言っているだけですわよ？　だってそうでしょう？　親しい人が一人いなくなっても、貴方は平然としているんですもの」

その言葉を聞いて、私は体にぐっと力が入るのを感じた。

「まあ、そんな怖い顔をしないでくださる？　私は貴方を心配しているのよ」

顔がこわばっていたらしい。私は内心の動揺をなるべく表情に出さないように気を引き締めた。

「心配？」

「ええ。だってレナ様の大切な侍女がいなくなったのでしょう？」

「……どうしてご存知なのですか？」

「あら、レナ様がいつも仲良くしていらっしゃる侍女の姿が最近見えないので、そうかもしれないと思っただけですわ。本当にいなくなってしまったんですの？」

リアンカ様は心配そうな表情を浮かべているが、白々《しらじら》しいと感じてしまう。

彼女は静かに近づいてきて、私の耳元で囁《ささや》いた。

「このまま後宮にいたら、いま以上に大変なことになるのではなくて？　もっとご自分の身の安全をお考えになったほうがよろしいと思いますわ」

これは脅しだ。危険な目にあいたくなかったら、後宮から出ていけと言いたいのだろう。

けれど、こんな脅しに屈するわけにはいかない。

「……そうかもしれませんね。でもご心配には及びませんわ。私はこれから用がありますので、ここで失礼いたしますわね」

やっぱり、フィーノの件にはリアンカ様がかかわっている。

私は今回の件でそう確信した。

とはいえ、それを証明できる決定的な証拠は何もない。

私はもんもんとしながら、あてもなく後宮の廊下《ろうか》を歩いていた。

フィーノを表立って探すことができず、リアンカ様への対処もできない。それが歯がゆかった。

フィーノが戻ってこないことは、まだ誰にも言っていなかった。彼女の身に何かあったわけではなく、任務の都合で戻れないだけかもしれないと考えていたからだ。

たとえリアンカ様が怪しくとも、もう少し状況がはっきりするまで騒ぎになるようなことは避けたい。

そういえば王宮のほうが騒がしかった件についても、まだ原因がわかっていない。

色々なことが上手くいかず、もどかしい気持ちになりながら、後宮をぐるっと一周したあと自分の部屋へと戻った。

すると後宮から派遣されている侍女の一人が、一通の手紙を渡してきた。

「ディアナ様より、お呼び出しの手紙です」

そう言われて、なんの用だろうかと考える。

ディアナ様は、何か気になる情報をつかんだのだろうか。

私は手紙の内容にさっと目を通すと、メルとチェリを連れてディアナ様の部屋に向かった。

部屋に入ると、そこにはディアナ様と、腹心の侍女二人しかいなかった。いつもは何人もの侍女が控えているのだが、いまは下がっているようだ。呼び出しの理由は、内密の用件なのだろう。

「ごきげんよう、ディアナ様」

私は挨拶《あいさつ》をして、ディアナ様の向かいの椅子に腰掛ける。

「それで、本日はどんなご用でしょうか」

前置きもなしに、私はそう問いかけた。

「この後宮の一角で魔力が感知されたそうです。お心当たりはございますか?」

ディアナ様の言葉を聞いて、私は嫌な予感がした。

この世界には魔法というものがあり、それを使えるのは『魔力持ち』と呼ばれる人だけだ。

『魔力持ち』の存在は非常に稀《まれ》で、平民よりも王侯貴族の血筋に生まれやすい。ちなみに、ディアナ様や陛下は『魔力持ち』である。

私が実家から連れてきた四人の侍女たちも『魔力持ち』だ。平民であるにもかかわらず魔力を持っている彼女たちを見つけたのは、とても幸運なことだったと言えるだろう。魔法は非常に便利なものだ。攻撃にも使えるし、自分の姿をくらませるようなこともできる。

とはいえ危険なものでもあるので、王宮の敷地内で魔力を使えば感知されるようになっていた。

魔力が感知されると、ちょっとした騒ぎになってしまう。それに侍女たちが『魔力持ち』であることはあまり人に知られたくなかった。

だからよほどの事情がない限り、私の侍女たちが魔力を使うことはない。

けれど……

「……実は一昨日から、フィーノが戻ってきておりません。『魔力持ち』は稀《まれ》な存在ですし……もしかしたら彼女が魔力を使ったのかもしれません」

「まぁ……それでは、リアンカ様のことを探っていて……？」

「そうだと思います。彼女の身に何かあったのでしょう」

私も詳しいことはわからない。でも、もしフィーノが魔力を使ったとすれば、それだけ危険な目にあったのだろう。

だが魔力が感知されたなら、少なくともその時点までフィーノは生きていたということとだ。

「残念ながら魔力が感知された場所までは突き止められておらず、その後の調査でも大した手がかりはつかめていないそうです」

「そう……なのですか」

危険な状況に陥《おちい》ったものの、魔力を使ってどうにか逃げおおせたのか。それとも捕まったあげく──殺されたのか。

フィーノのことを思うと胸が苦しい。

「王宮側がもう少し上手く後宮の揉めごとに対処できていれば、レナ様にこんな負担をかけることもなかったでしょうに……」

「陛下も政務があって大変でしょうから、そのあたりは仕方がありません。何より、私は自《みずか》ら進んで動いたのです。後悔はありませんわ」

ディアナ様の言うことは正しい。

でも、私が望んでやったのだ。あの方の力になりたくて、行動を起こした。

それで痛い目にあったとしても、自分の責任でしかない。

「そうですか……。それで、フィーノは見つかりそうですか？」

「……わかりません。侍女たちに探させてはいますが、まだなんの報告も来ていません。

いまのところ、これ以上大きく動くわけにもいきませんし……」

「でしたら……私のほうからフィーノのことを王宮に報告してもよろしいでしょうか」

必要以上に事を大きくしては陛下の迷惑になるだろうから、できれば王宮への報告はしたくなかった。

ただでさえお忙しい陛下の手を、煩《わずら》わせたくはない。

でも、そんな私の考えを見透《みす》かしたようにディアナ様は言う。

「アースに悟られずに動きたいという気持ちはわかりますが、事はもう十分大きくなっております。下手をすればフィーノの命にもかかわりますわ」

「……実は先ほど、リアンカ様とお会いしました。私が部屋から出てくるのをわざわざ待っていたようで、フィーノのことも何か知っている様子でしたわ」

私はリアンカ様が言っていたことを、かいつまんでディアナ様に伝える。

「まあ……。そういうことでしたら、なおさらすぐに動くべきですわ。王宮に協力をあおぎましょう。人手は多いに越したことはありません」

「……はい。お手数おかけしますが、よろしくお願いします」

私がそう頼むと、ディアナ様はすぐに陛下への手紙を書いてくれた。

念のためサンカイア様にも知らせておこうと、ディアナ様はもう一通手紙を書く。

サンカイア様も妃の一人で、ディアナ様と共に私に協力してくれている。彼女は豪商の娘であるため、あらゆる情報に通じていた。商人である彼女とその実家の情報収集能力には、私も舌を巻くほどだ。

ディアナ様は書いた手紙をそれぞれ侍女たちに持っていかせると、ふっと一息ついて口を開《ひら》いた。

「それにしても、リアンカ様が証拠も残さずにこれだけ動ける方だとは思いませんでした」

私もリアンカ様の尻尾《しっぽ》をつかむのに、こんなに手こずるとは思わなかった。

「そうですね……あのフィーノをどうにかできるほどの手練《てだれ》が傍《そば》にいるようですし」

フィーノは私が育てた優秀な侍女で、戦う能力も十分持っている。お兄様に仕える武闘派の執事たちとも対等に渡り合えるくらいだった。

そんな彼女が負けるところは、あまり想像したことがない。

リアンカ様の侍女たちの中には、フィーノとやり合えるような者はいなかったはずだ。とすると、彼女は誰か外部の人間を雇《やと》っていることになる。

「レナ様、本当に気をつけてください。貴方は狙われていますわ」

「ええ、わかっています。自分から狙われるように仕向けましたから」

「……アースのためと盲目的に頑張るのも結構ですが、レナ様の身に何かあったら私は悲しいですもの」

「心配いりませんわ。なるべく私自身に危険が及ばないよう動くつもりです。私は死ぬつもりなどありませんから」

はっきりと言い切った。そうやすやすと死ぬつもりはない。

もちろん、私の命一つで陛下の役に立てるのなら、喜んで差し出そうとは思っているけれど。

いまは死ぬより、生きているほうが陛下の力になれる。

「本当に、無理しないでくださいね」

「ええ」

ディアナ様とそのような話をして、私は彼女の部屋をあとにした。

＊

「……フィーノが行方不明とは……どうにかしなければなりませんね」

レナ様が部屋を出ていったあと、私——ディアナはそうつぶやいて思案する。

フィーノはリアンカ様のことを探っていて行方不明になったのだから、状況的に考えてリアンカ様がもっとも怪しい。レナ様を待ち伏せしていた時に言ったことも、ますます彼女を疑わしくしていた。けれど、リアンカ様が黒幕だとわかるような証拠は何もない。よっぽど巧妙《こうみょう》に隠しているのか、雇《やと》っている者が有能なのか。

そんなことを考えていると、隣に控えていた腹心の侍女が口を開《ひら》いた。

「レナ様の侍女たちは相当鍛《きた》えられているように見えました。その侍女が戻ってこないとなると、相手はよっぽどの手練《てだれ》なのでしょう」

「そうね……後宮の警備も、もう少し強化されればいいのだけど」

アースは後宮で様々な実務を担当している女官長に、トーウィン様を通じて色々と指示を出してはいる。けれど後宮で起きている問題への対応は後手《ごて》に回っているし、好き勝手する妃たちの動きも牽制《けんせい》できていないのが現状だ。

後宮の警備もそれなりの人数は配置されているものの、効果的な配置になっているとはいえず、穴も見つけやすかった。

そんな後宮において、アースが好きだからと言って自ら進《みずか》んで狙われる立場になろうとするレナ様のことは、本当に心配だ。

レナ様は自分が傷ついても、アースが幸せならそれでいいと思っている。けれどレナ様に何かあったら私が嫌だ。

献身的なレナ様のことは好きだけれど、自分のことを二の次にするところは見ていてハラハラする。

「フィーノの捜索はアースと連携して進めるとして、貴方たちの中からも数人、レナ様の護衛に回ってもらうわ。このままではレナ様が危険だもの。それと、エマーシェル様がレナ様に接触したという話を聞いているから、彼女の身辺にも注意する必要があるわ」

一昨日エマーシェル様がレナ様に接触したという報告が上がっていた。

レナ様が狙われている状況で、エマーシェル様が彼女に接触するのは非常に危険だ。彼女は身を守るすべを持たないのだから、間違って標的になりでもしたら取り返しがつかない。

私が頭を悩ませていると、侍女たちが頼もしい笑みを浮かべて答えてくれる。

「ディアナ様のお心のままに」

「私どももレナ様のことは応援したいと思っておりますので、力になれるよう頑張りますわ」

エマーシェル様の件に関しては、そもそもアースが不用心に彼女のもとへ通っていたのが悪かったのだ。

アースは騒ぎにならなかったから大丈夫だと思っていたようだが……露見《ろけん》しなかったのはレナ様がいち早く気づいて動いたからだ。

そういうことにもアースは気づいていないようだし……

アースの鈍感さに、私はやきもきしてしまう。

実はサンカイア様と協力して、レナ様を正妃にしようと陰で動いているのだが、アースがこんな調子では先が思いやられる。

レナ様は自分が正妃になる可能性など全く考えていないし、そもそも後宮が問題だらけのいまは、そんなことばかり考えてもいられない。

レナ様を正妃にするためにも、早くフィーノのことを助け出さなければ。

そしてリアンカ様の尻尾《しっぽ》をつかんで、後宮のゴタゴタを収めてしまいたい。

「……レナ様、私は貴方が幸せになれるように動きますからね」

私は決意を胸にそうつぶやいた。

＊

ディアナ様の部屋から自室に戻る頃には、夕方になっていた。

やっぱりフィーノは帰ってこない。

でもディアナ様が王宮に報告すると言ってくださって、正直ほっとしている。

陛下の手を煩《わずら》わせたくないという思いもあるけれど、フィーノの命だって大切だ。

……生きていると信じよう。少なくとも、死んだという証拠が出てくるまでは。

部屋で休んでいると、侍女の一人がサンカイア様からの手紙を持ってきた。

フィーノが行方不明になっていると聞いた彼女が、私を心配してくれたのだ。

手紙には、時間があれば部屋に来てほしいと書かれていた。

私は王宮の調査から戻ったカアラと後宮から派遣されている三人の侍女を連れて、すぐにサンカイア様のところへ向かった。その道すがら、カアラからもディアナ様に聞いたのと同じ内容の報告がなされる。

そうして部屋に着くと、サンカイア様は私を迎え入れるなり口を開《ひら》いた。

「レナ様、フィーノの話はお聞きしましたわ。実家の商会にリアンカ様のことを探らせていましたので、何かフィーノの情報が得られていないか確認しますわね」

「ありがとうございます」

後宮では誰が敵で誰が味方か判断するのが難しい。だけど、少なくともディアナ様やサンカイア様は、私の味方でいてくれる。

「向こうも本気ですわね」

「ええ……まさかフィーノがこんなことになるなんて、驚きました」

「……心配ですわね」

「はい……生きていてくれればいいのですが」

生きていてほしい。どんな形でもいいから、生きてさえいてくれればいい。本当にそう思う。

「失礼ですが、レナ様。フィーノが裏切ったという可能性はないのでしょうか？」

「……サンカイア様のご心配はもっともだと思いますが、フィーノに限ってそれはないと思います。あの子は私と一緒に育ってきた侍女ですわ。生きていれば絶対に私のもとへ帰ってきてくれるはずです」

誰かに裏切られる可能性は常にあるけれど、フィーノがそうするとは思っていない。

私はフィーノがどんな子か、ちゃんと知っている。周りがなんと言おうとも、あの子が私を裏切ることはないと信じている。

「そうですか……レナ様がそう言うのなら、そうなのでしょうね」

「はい。私の侍女たちは、私にとって信頼に足る子たちですもの」

私がそう言い切ると、サンカイア様はふっと表情を緩《ゆる》めた。

「そういう信頼関係、私も好きですわ。でも、後宮から派遣されている侍女たちはどうなのでしょうか」

「……彼女たちのことは、正直信頼できるかどうかわかりません。個人的には好ましいと思っていますが、念のため情報を最低限しか渡さないようにしています」

サンカイア様と話すため、後宮の侍女たちには部屋の外で待ってもらっていた。いま傍《そば》に控えているのはカアラだけだ。

「それがよろしいかと思いますわ。とりあえず、リアンカ様について商会から何か情報が得られたら、レナ様に報告させていただきますね」

「それは助かりますわ」

サンカイア様の実家の商会なら、後宮の外の情報も集められる。後宮にいる私たちとは違った方向から調べてもらえば、リアンカ様が誰を雇《やと》っているのかわかるかもしれない。

「そういえば、サンカイア様。陛下がエマーシェル様のもとへ通っていることは、まだ露見《ろけん》していませんわよね？」

「ええ。最近は陛下がエマーシェル様に会いに来る頻度も減っていますし、周囲にはレナ様が寵妃《ちょうひ》だと思われているでしょう」

「なら、よかったですわ。いまバレてしまうと、リアンカ様の矛先《ほこさき》がそちらに向いてしまいますから」

それからいくつか情報を共有して、私はサンカイア様の部屋を辞《じ》した。

後宮は四階建ての建物で、私の部屋はその最上階にある。サンカイア様の部屋は三階なので、私の部屋とは、そんなに離れていない。

部屋に戻ったら、フィーノが帰ってきてはいないだろうか。もしもこのまま彼女が戻ってこなかったらどうしよう。

そんなことを考えながら階段を上《のぼ》っていると、フィーノの捜索と情報収集に行っていたメルとチェリが合流した。

「レナ様、ただいま戻りました」

「報告は部屋に戻ってからしますね」

二人はそう言いながら、カアラと共に私を守るように歩き始めた。後宮から派遣されている侍女たち三人は、その後ろに付き従っている。

そうして、自室のすぐ前まで戻ってきた時のことだった。

「レナ様、危ない！」

カアラの切羽詰《せっぱつ》まった声と共に、私は突き飛ばされた。そのまま床に尻もちをついてしまう。

それと同時にカランと音がして、床に何かが転がった。

見れば、血の付いた短剣だった。

一拍遅れて、微《かす》かに血のにおいが漂《ただよ》ってくる。

ふらりとよろめいたカアラが右腕を押さえていた。指の間から赤い血がこぼれ落ちる。

おそらく、どこからか短剣が投げつけられたのだろう。

私を狙って放たれたそれから、カアラがかばってくれたのだ。

突然の出来事に、後宮から派遣されている侍女たちは青ざめている。

ここはいつ、誰が通りかかってもおかしくない普通の廊下《ろうか》だ。

そんな表立った場所で襲撃されるはずがないと、心のどこかで思っていた。だから、つい油断してしまっていたのかもしれない。

メルとチェリは、さらなる危険がないかとあたりを警戒している。

けれど近くに人の気配はなく、それ以上の攻撃もなかった。

不意打ちとはいえ、カアラに傷を負わせたのだ。短剣を投げたのはそれなりの実力者だろう。

そんな人物が、たったこれだけの攻撃で引き下がるなんて……どういうことだろうか。

そこまで考えて、私ははっと我に返る。いまはカアラの手当てをしなければ。

「カアラ、大丈夫⁉」

私は慌てて立ち上がり、カアラに駆け寄った。

「私のことはいいのです。それよりレナ様、突き飛ばして申し訳ありません。襲撃犯も取り逃がしてしまって……」

腕が痛むだろうに、カアラはそう言って私を見る。

「私は大丈夫よ。カアラが守ってくれたから。それより手当てをしないと……」

「……ご迷惑をかけてすみません、レナ様」

カアラは息を荒くしており、顔も真っ青だ。

壁にもたせかけるように彼女を座らせると、メルが部屋から救急箱を持ってきた。

「メル、応急処置をお願い」

「はい、いますぐに‼」

私の侍女たちは、何かあった時のために応急手当ての方法も学んでいるのだ。

カアラの傷口を消毒していたメルが言う。

「カアラ、これ……刃に毒が塗ってあったのではないかしら？」

「……ふらふらするのはそのせいですか」

「念のため毒抜きをしておきますね」

毒と聞いて、後宮から派遣されている侍女たちの顔色がますます悪くなる。だが、彼女たちに構っている暇はない。それよりもカアラの怪我が心配だ。

メルはまず毒を抜き、そのあとに止血を行《おこな》う。チェリも無言で手伝った。

私はカアラに声をかけながら、血で濡れた布を片づけた。

私も応急手当ての知識はそれなりにあるけれど、侍女たち以上に上手くできるかというと、そうではない。

「これでひとまずは大丈夫なはずですわ。でもカアラ、しばらく安静にしなくてはいけませんよ。できるだけ毒は抜きましたけれど、多少残ってしまったかもしれません。派手に動けば、悪化する可能性もあります。とりあえず部屋で横になりましょう」

チェリがそう言ったので、私たちは部屋に入った。

たいして動揺もせずに傷を手当てしたメルたちを見て、後宮から派遣されている侍女たちは唖然《あぜん》としていた。

ベッドに横たわったカアラに、私は声をかける。

「カアラ、本当に……ありがとう」

ごめんなさい、とは言わない。

私を守るのは侍女たちの仕事だから。

それに謝られるよりも、お礼を言われる方が、カアラは喜ぶと知っているから。

「レナ様を守れてよかったですわ。私はいつだってレナ様を守りますからね」

カアラはそう言って笑いかけてくれた。

自分が怪我をしたのに、私を守れてよかったと笑ってくれるカアラ。優しくて、頼りになって、本当に彼女たちは私の自慢だ。

それから私はチェリたちと今後の対応を話し合うため、後宮から派遣されている侍女たちを部屋の外に出すことにした。

「あなたたち三人は、汚れた布を洗ってきてくれる？　それが終わったら、今日はそのまま下がって結構よ」

「え……それだけ……ですか？　あ、あの、レナ様は……命を狙われたのですよ？」

私が仕事を言いつけると、後宮から派遣されている侍女の一人がそう言った。

命を狙われたのに王宮にも女官長にも報告しなくて、大丈夫なのかと言いたいのだろう。

報告ならディアナ様かトーウィン様を通じてするつもりだし、しかるべき対応もしようと思っているのだが、後宮から派遣されている侍女たちにそれを説明する気はなかった。

「ええ、そうね。でもこういうことが起こりうるのが後宮だもの。だから貴方たちも気をつけなさい。危険な目にあってしまう前に、私の侍女をやめてもいいのよ」

「いえ、それは……」

侍女は私の言葉に困ったような表情を浮かべた。

正直なところ私に仕えている限り、彼女たちの身に何かあってもおかしくない。

私を狙っている者が、どう動くのかわからないからだ。

ただ、まだ彼女たちに何も起こっていなさそうなところを見ると、いまのところ向こうにそのつもりはないのだろう。

「貴方たちがまだ私に仕えてくれるというのなら、私の言う通りにしてちょうだい」

そう告げると彼女たちは静かに一礼し、布を持って部屋を出ていった。

扉が閉まると、チェリが思案顔で口を開《ひら》く。

「カアラの右腕はしばらく動かさないほうがいいでしょうから、これで満足に動ける侍女は私とメルしかいなくなりましたわね」

「……ごめんなさい、怪我をしないように攻撃を防げたらよかったのだけど」

悔しそうにするカアラに、メルがすかさず声をかける。

「いえ、カアラはよくやったわ。レナ様を守ったのだから」

傷ついたカアラを見ていると、もっと私に力があればいいのに、という思いが込み上げてくる。

人の気配を探れたり、本格的に戦ったりできればよかった。そうしたら、いち早く敵の存在に気づけたし、カアラに怪我をさせることもなかっただろう。

フィーノのことだって、もっと私がしっかりしていたら、こんなことにはならなかったかもしれない。考えても仕方がないとわかっているものの、自分の無力さが本当に嫌になる。

だけど、そういう悔しさを感じるよりも先に、私にはやることがある。

考えるよりも、動くことが大事だ。

そう思っていた時、扉をノックする音が聞こえた。

「失礼いたします。リアンカ様からのお手紙が届いています」

そう言って、先ほど部屋を出ていった侍女のうちの一人が封筒を差し出してきた。

私がそれを受け取ると、彼女は再び部屋を出ていく。

手紙を読んだ私は、その内容に眉をひそめたのだった。

＊

私の名前はヴィニー。

もともとは王宮に勤める侍女だったのだけれど、アースグラウンド陛下のために妃が集められることになり、後宮に配属された。

そして私は、侯爵令嬢であるレナ・ミリアム様付きの侍女として働くことになった。

いまは洗濯場で、レナ様に言われた通り血で汚れた布を洗っている。

同じくレナ様付きの侍女である二人は、洗い終えた布を干しに行ったところだ。

後宮に勤めていたことのある先輩侍女たちからは、位《くらい》の高い貴族令嬢の侍女になると大変だと聞いていた。

だから、侯爵令嬢が主《あるじ》になると決まった時は不安で仕方がなかった。

伯爵令嬢であるリアンカ様に仕えている侍女たちは、理不尽な命令をされたり、ヒステリックに怒鳴られたりすると言っている。

けれど、レナ様はそんなことはしなかった。そんな彼女にお仕えするのは、少しも大変なことではない。

ただ、私たち三人はレナ様から信頼されていない。レナ様付きとは名ばかりの侍女である。少なくとも私はそう思っていた。

レナ様は身分の高い令嬢ではあるものの、決して我儘《わがまま》というわけではなく、一つ変わったところがあるとすれば、なんだか常に忙しそうにしている。

そして大事な話を私たちに聞かせないようにしていた。

私はそれが悲しかった。

誠意をもって仕えていれば、いつかはレナ様が私たちを信頼してくれると信じて仕事に励んだ。

けれどいくら一生懸命仕えても、レナ様は私たちを信頼してくださらない。

フィーノさんが戻ってこないことについても、何も教えてくれなかった。

私たちだってフィーノさんを心配しているのに、レナ様は決して私たちをかかわらせようとはしない。

先ほどカアラさんが怪我をした時も、レナ様からは危険な目にあう前に侍女をやめてもいいなんて言われてしまった。

私たちのことを心配してくださっているのはわかるけれど、私はレナ様が抱えているものを、一緒に背負えたらいいと思っている。

それなのに、どうしてレナ様は私たちを信用してくれないのだろう。

どうして私たちをのけ者にするのだろう。

確かにレナ様への襲撃を見て、ショックで身が竦《すく》んでしまった。

けれど私たちだって、レナ様の力になりたいと思っている。

私たちだってレナ様を心配している。

信用してもらいたいのに、そうしてもらえないことが悲しくて、自分には何が足りないのだろうと考える。

洗濯をしながらもそのことばかり考えてしまう。

「何か悩み事？　顔色が冴《さ》えないわね」

突然話しかけられて顔を上げると、そこには侍女仲間の一人が立っていた。

「……ミークエちゃん」

ミークエちゃんは私と同い年の侍女だ。後宮に配属されてから仲良くなった友人で、いつもレナ様についての相談を聞いてくれる。

レナ様付きの他の二人の侍女とも話はするけれど、レナ様と直接関係のないミークエちゃんと話をすると、ほっとする。

彼女に思いを吐き出すと、とても楽になるのだ。彼女はいつもこちらを安心させるような表情を浮かべていて、話しやすい。

「ミークエちゃん、あのね……」

カアラさんのこととフィーノさんのことを話そうとして、一旦考える。簡単に人に話していいことなのだろうか。

「なんでも話して。他の人には言わないから。私はあなたに楽になってほしいの」

ミークエちゃんがそう言って、安心させるような笑みを浮かべてくれる。

だから私は、思わず話してしまった。

フィーノさんがいなくなったこと、カアラさんが怪我をしたこと。そして……レナ様が私たちを信用してくださらないこと。それを悲しく思っていること。

ミークエちゃんは静かに相槌《あいづち》を打ちながら聞いてくれた。

彼女は優しくて、話していると心が落ち着く。

「そうなの……心配ね」

「うん」

レナ様のことが心配だし、帰ってこないフィーノさんのことも心配だ。もちろん、怪我をしたカアラさんのことも……

心配事が多くて、不安になる。

「私、レナ様が誰かに狙われているような気がするの」

「それなら部屋の警備を厚くしておくべきじゃないかしら。いまはどのようにしているの？」

「後宮全体の警備兵は増えた気がするけれど、レナ様の部屋に特別な警備はされていないわ。レナ様は部屋からお出になる時も、侍女しか連れていないし……」

私はミークエちゃんに促《うなが》されるまま、沢山《たくさん》のことを喋《しゃべ》った。こうして誰かに悩みを打ち明けると、心がとても楽になる。

ミークエちゃんという友人がいてくれて、本当によかったと思う。

「ミークエちゃん、ありがとう。私、そろそろ行かなくちゃ」

「元気になったのならよかったわ」

ミークエちゃんはそう言って笑ってくれる。

「ミークエちゃんに話してすっきりした。またね」

「ええ、またね」

洗い終わった洗濯物を抱えた私は、ミークエちゃんと笑顔で別れる。

悩み事を吐き出せてすっきりした気分で、まっすぐ物干し場へ向かった。

ミークエちゃんのほうを振り返ることもしなかったから、彼女がどんな顔をしているかはわからなかった。

＊

襲撃にあった翌日。

また、お茶会が開《ひら》かれた。

「ようこそおいでくださいました。レナ様」

リアンカ様が私を見て笑みを浮かべる。

襲撃のあとに届いた手紙は、このお茶会への誘いだった。

主催者はもちろんリアンカ様。私だけでなく、何人もの妃が招かれている。だが、その中にエマーシエル様の姿はない。

エマーシエル様は以前、ベッカ様のお茶会でカップを割ったことがある。

貴族令嬢たちのお茶会は、会場の設営や食器の一つに至るまであらゆる準備を主催者が整えるため、自分の能力や権力を示す場になるのだ。

そんなお茶会の雰囲気を台無しにすれば、大層な顰蹙《ひんしゅく》を買うのである。

だから、かわいそうではあるけれど、エマーシエル様がこの場にいないのは当然だと言えた。

リアンカ様は美しく微笑んでいる。彼女は同性の私の目から見ても綺麗《きれい》な人だ。人を蹴落《けお》としたり排除したりすることなど考えず、ただ自分を磨《みが》くだけで誰よりも魅力的になれるだろう。

そういう方向の努力をする方だったなら、私は彼女が正妃になるのだって応援した。だからリアンカ様を見ると、もったいないなと思う。

でも、そんなたらればの話は無意味だ。

「お招きありがとうございます」

私は当たり障《さわ》りのない笑みを浮かべて着席する。

私もリアンカ様も穏やかに微笑んでいて、事情を知らない者が見れば、私たちが命の危険を伴うような対立関係にあるとは思わないだろう。

全員が着席すると、リアンカ様の侍女たちがお茶とお菓子をテーブルに並べた。

「これはブライネット領の『ミシェル』というハーブティーで……」

リアンカ様がにこやかに微笑みながらそう説明する。

だがこのお茶には、毒か何かが入っている可能性もある。

少し緊張しながら、私はカップに鼻を近づけた。

特に変わったにおいはしない。

死に至るような毒であれば、私はにおいを嗅《か》いだだけでわかる。だから、ひとまずは問題なさそうだと判断した。

でも毒ではなくとも、他の何かが含まれているかもしれない。警戒を怠《おこた》るわけにはいかず、私はお茶を飲んだふりをしてそっとテーブルに戻した。

こうして警戒しながらお茶会に出るというのは、正直あまり好きではない。

けれど、お茶会を欠席するという選択肢はなかった。

もしリアンカ様がフィーノに何かしたのだとしたら、私がそのことでダメージを受けている姿は見せたくない。

私の心が折れたように見られては、リアンカ様の攻撃が効いたと思われてしまう。

だからこそ、彼女の前では毅然《きぜん》と振る舞わなければならない。

排除しようとしている相手が、攻撃に対してダメージを受けた様子を見せないというのは、彼女に恐怖と焦りを与えるだろう。

それは、自分の力が通用しないという事実を突きつけられるのと同じだから。

私を攻撃しても無駄だと理解して、諦《あきら》めてくれればいいのだが……。

「レナ様は『ミシェル』をお飲みになったことはありますか？」

「ええ、もちろん。私は『ミシェル』が大好きですわ」

リアンカ様は私に突っかかってくるかと思ったけれど、そういう素振りは見せず穏やかな態度を取っている。

妙に機嫌がよさそうで、逆に恐ろしいとさえ思う。

リアンカ様は何を考えているのだろうか。

そして、どう動こうとしているのだろうか。

「リアンカ様は、どういったお茶が好きなのですか？」

「『ミシェル』も好きですけれど、他には――」

伯爵令嬢と侯爵令嬢の会話に割り込んでくるような者はいない。私たちが会話をしている間、他の令嬢たちは息を潜《ひそ》めてこちらを見ていた。

話題が一段落したところで、私はちょっとした罠を仕掛ける。

「そういえば、リアンカ様には随分頼りになる部下がいらっしゃるようですわね？」

「まぁ、突然どうしたのですか？」

「リアンカ様の部下が非常に優秀だという話を聞きましたの。そんな方々に仕えていただけるなんて、リアンカ様は幸せですわね」

「あら、そう言ってもらえて嬉しいわ」

こうしてリアンカ様を褒めれば、いい気分になって何か手がかりになりそうなことを漏らすのではないかと思った。

けれどリアンカ様は、当たり障《さわ》りなく微笑んだだけだった。

私はリアンカ様との会話を楽しんでいるように装《よそお》いながら、時折不自然ではない程度に探りを入れる。

リアンカ様がボロを出さないかと、ミスを誘いながら話を続けたけれど、何を言っても彼女はただにこやかに笑っていた。

そうしてお茶会は何事もなく終わった。

他の妃たちが次々と帰っていき、私も立ち去ろうとした時――

リアンカ様はすれ違いざまに、私にだけ聞こえる小さな声で囁《ささや》いた。

「正妃になるのは、私ですからね」

はっとして、リアンカ様のほうを振り返る。

「またお茶会の機会があれば嬉しいですわ」

彼女はやっぱり笑っていた。

企《たくら》みが上手くいっているからこそ、余裕で笑っていられる。

私にはそのように見えた。

結局お茶会の席ではなんの動きもなかった。これは完全に予想外だ。

初めて会った時のリアンカ様の印象では、もっと考えなしに行動するタイプに見えたのだが、実際に対峙《たいじ》してみると簡単に尻尾《しっぽ》を出さないし、なかなか手強《てごわ》い相手だ。

私はそう思って頭を抱えるのだった。

＊

私は、アマリリス・レギオン。

レギオン侯爵家の娘で、現在は妃の一人として後宮にいる。とはいえ、私は妃としての役割は全然果たしていない。

そもそも私は後宮になど入りたくなかった。

侯爵令嬢の私は正妃になれるだけの身分ではあるけれど、正妃になるつもりなんてさらさらない。でも後宮にいるだけで正妃になってしまう可能性が生じるので、それが嫌だった。

というのも、私は秘密の仕事をしているのだ。貴族の令嬢には相応《ふさわ》しくないけれど、文章を書く仕事を。

私は物語を書くことが好きで、ずっと続けていきたいと思っている。正妃になれば物語を書いてばかりもいられないだろう。そう考えるとやっぱり正妃にはなりたくない。

だから私は陛下のお渡りを拒み続けている。

与えられた部屋からも、基本的に出ない。

今日開《ひら》かれているというリアンカ様のお茶会も断った。

後宮に入ってからの私は、どうしても外出が必要な時以外はずっと部屋でのんびり過ごしている。陛下が早く正妃を選んで、私を実家に帰してくれないかと思いながら。

しかしそんな私も、情報収集はちゃんとしていた。

後宮では、正妃の座をめぐって諍《いさか》いが起きている。首を突っ込むつもりはないのだが、知らないうちに大変な目にあうのはごめんだ。

だから私は、いま後宮で何が起きているのかだけは、ちゃんと把握するようにしていた。

その中で、侍女たちからの報告によく名前が上がる人物がいる。

私と同じ侯爵家の娘である、レナ・ミリアム様。

彼女は後宮で、陛下の寵愛《ちょうあい》を受けていると噂されている。

けれどそれは嘘だ。おそらくそういう噂が流れるように、レナ様自身が誘導していると思う。

でも正妃になろうとしているのかと思えばそうでもなくて、ただ後宮の平和を保とうとしているだけのようだ。

レナ様は、妃たちの中でも若いほうだ。ディアナ様のようにもっと年上で権力のある人がいるのだから、レナ様が放っておいても後宮はそこまで荒れないと思う。

なのに、どうしてあんなに頑張っているのだろう。

こうして何度もレナ様について聞いているうちに、気がつけば彼女がどういう人間なのか、凄く興味がわいていた。

色々気になって侍女に調べてもらったら、レナ様は自分から危険なことに首を突っ込んでいて、自分の身などどうなっても構わないと思っているようだ。彼女にはそうしてでも叶えたい目的が、何かあるように思えた。

そうしてレナ様のことを観察しているうちに、一生懸命に頑張っている彼女のことが心配になってきた。

以前、目立つ動きは避けるようレナ様に直接忠告したたし、レナ様が狙われていると陛下に知らせる手紙を書いたこともある。

でも、レナ様は私が言ったくらいでは止まらない様子だったたし、匿名《とくめい》の手紙を陛下がどこまで気にしてくださっているかも私にはわからない。

「レナ様は、何をしたいのかしら……」

自室の椅子に腰掛けながらつぶやくと、傍《そば》にいた侍女が返事をした。

「さぁ……私にはわかりませんわ」

「……不思議よね。でも、このままではレナ様の身が危険だと思うの」

「自分から危険なことに首を突っ込んでいるのですから、アマリリス様がお気になさる必要はないと思いますが」

侍女は、私がレナ様とかかわって危険な目にあうのではないかと心配しているのだろう。彼女が言うこともわかるけれど、私はやっぱりレナ様が気になって仕方がない。

「このところ、レナ様の周囲が大変そうなのも気になるわ」

レナ様の侍女の一人が行方不明だという話が、私の耳に入ってきている。

私にもレナ様の手助けができないだろうかと思う。

けれどレナ様の目的がわからない以上、それも言い出しづらい。

それに私が何かしようとすると、心配性の侍女たちに止められてしまうのだ。

でもやっぱり気になるから、行方不明になっているという侍女の捜索と犯人探しだけは、侍女たちに頼んであった。

「どうしてあの方は、自《みず》ら進んで敵を作るのでしょうね。もう少し目立たず行動することもできるでしょうに」

侍女がそう言ってため息を吐く。

「わからないけれど、レナ様は何か目的を持って行動されていると思うわ。自分の目的のために一生懸命になれる方が私は嫌いではありません」

「……目的がわからないから、不気味なのです。正妃の座を狙っているのなら、そのほうがまだわかりやすいですわ」

「それはそうだけれど……でも貴方たちが調べた限り、レナ様は後宮を平和にしようとしているのでしょう？」

いまも多少の揉め事は起きているが、それでも歴代の後宮に比べればマシになっていると思う。妃同士のいじめはほとんどなくなったし、誰かが死ぬようなことにもなっていない。

「やっぱり私、レナ様のことがもっと知りたいわ」

最近の私と侍女の会話は、彼女のことばかりなのだった。

「リアンカ様が、何か手がかりになりそうなことを口にするかと思っていたのだけれど……」

＊

リアンカ様のお茶会を終えて部屋に戻った私は、今晩陛下がいらっしゃるという連絡を受けた。いまは侍女たちとその準備をしながら、先ほどのお茶会のことについて話している。

「……私たちが不甲斐《ふがい》ないばかりに、レナ様のお手を煩《わずら》わせてしまって……本当にすみません」

申し訳なさそうなカアラたちに、私は笑顔を見せる。

「謝らなくていいわ。それだけ彼女自身も優秀だということでしょう」

リアンカ様は案外慎重で、なかなかボロを出さない。

むしろあれだけ平然としていたということは、私を排除する計画は順調なのだろう。

これはますます気を引き締めなければならない。

ディアナ様が王宮にフィーノのことを報告してくれたおかげで警備兵の数は増えてい

るが、用心は必要だ。

リアンカ様はそんなことで諦《あきら》めたりしないと思う。

「引き続き、フィーノの捜索とリアンカ様の監視をお願いね」

私がそう告げると、侍女たちは真剣な表情で頷いた。

フィーノは殺されていないのであれば、後宮内にいると私は思っている。リアンカ様の手の者がいくら優秀でも、フィーノを誰にも気づかれずに後宮の外へ連れ出すのは難しいだろう。

そう考えて、後宮内での捜索を続けてもらっていた。

夜になり、陛下がやってきた。

陛下を見ると、いつだって胸が高鳴る。何度陛下に抱かれようとも、このドキドキする気持ちはなくなったりしない。

けれど今日はフィーノのことが頭から離れず、普段通りに振る舞うだけで精一杯だった。

陛下に向き合い、いつものように貴族令嬢としての仮面をつける。フィーノが帰ってこないことへの不安も、リアンカ様への恐怖も全て押し隠して。

「ようこそおいでくださいました」

陛下はすぐに私を抱こうとはしなかった。私をまっすぐ見て、ゆっくりと口を開《ひら》く。

「……侍女が行方不明だと聞いたが」

陛下は感情が顔に表れるタイプではないが、どことなく心配してくれているように見えた。

「……ええ」

「こちらでも捜索はしている」

私はそれに対して、いつも通りの笑みを作った。

「ありがとうございます」

「お前は……」

陛下が私を見て、何か言いたげにしている。

最近、こうして話しかけられることが多くなった。後宮に入ったばかりの頃は、声をかけてくださることなんてほとんどなかったのに。

陛下は一度口を閉じてから、一呼吸置いて再び話し始めた。

「お前はここで何をしたいんだ？」

「何を、と言われましても……」

思わぬことを聞かれて、私は少し戸惑う。

「『魔力持ち』の侍女を連れてきて、自分が寵妃《ちょうひ》であるかのような噂をばらまいて、その結果侍女が行方不明になっているというのに……」

「陛下はお知りにならなくてもいいことですわ」

「俺は――お前を知りたい」

そうおっしゃる陛下は、いままで見た中で一番真剣な目をしていた。

獲物の動きを探るような鋭い目で見つめられ、思わず本音を話してしまいそうになる。

私はそれを寸前でこらえて、陛下から目を逸らした。

「……ごめんなさい、陛下」

自分の気持ちを陛下に告げるつもりはない。

陛下から望まれもしないのに、正妃になろうとは思わない。

陛下。私の愛《いと》しい人。

貴方が幸せであってほしい。

でも、そう願うのは私の我儘《わがまま》でしかないと知っている。もしかしたらこの思いは、陛下にとって迷惑なものかもしれない。

だから、絶対言わない。

このまま話していると、私が陛下をどれだけ思っているかを口にしてしまいそうで、私は陛下を誘うようにベッドに横になる。

「それより陛下。こちらにいらして」

こういうことをするのは恥ずかしいけれど、夜の作法のうちだ。

「……話す気はないか」

陛下は何かをぽつりとつぶやいて、私の上に覆《おお》いかぶさった。

ベッドがきしんで、体に振動が伝わってくる。

陛下は私の顔の横に手をついて、じっと私を見ていた。やがて私の体にそっと手を伸ばし、ゆっくりと夜着を脱がせていく。

その手が、私の肌に触れる。

触れられたところから甘い熱が広がり、私の脳を溶かしていくような気がした。

陛下は私に沢山《たくさん》の幸せを与えてくれている。

誰かを愛する幸せを。

その人の力になれる幸せを。

愛する人に触れ、抱かれる幸せを。

いつもならどうしようもない幸福感でいっぱいになるけれど、いまの私はフィーノのことが心配で、気もそぞろだった。

陛下との行為に集中しなければ、と思っているうちにそれは終わった。

「……では、またな」

「ええ」

「──今度はちゃんと、本心を聞かせてくれ」

陛下が去り際にそう言った。

けれど私は、その言葉に返事ができなかった。

……陛下に迷惑をかけたくない。だからこの気持ちを聞かせるわけにはいかない。

答えない私を見て諦《あきら》めたのか、陛下は何も言わずに部屋を出ていった。

フィーノはまだ帰ってこない。さらにカアラが怪我をしてしまった。

心配で不安で、これからどうなるかもわからない。

でも陛下が幸せを与えてくれるから、陛下を愛《いと》しいと思う気持ちがあるから、私は立っていられる。

「……陛下、私は頑張りますわ」

一人、ぽつりと決意をつぶやいた。

＊

「サンカイア様。そろそろお休みになられませんと」

深夜、実家から連れてきた幼馴染《おさななじみ》の侍女にそう言われる。

今日は昼間にリアンカ様のお茶会があったというので、私は侍女からの報告を聞きながら、実家の商会から届いた手紙を机に並べていた。

「これを整理したらね」

実家に協力をあおいで、リアンカ様が雇《やと》っている人物について探っている。けれど、なかなか割り出せない。

「はぁ、案外リアンカ様がしぶといわ」

思わずため息をついてしまう。

ベッカ様の時と同様、すぐに問題は片づくだろうと思ったのに、リアンカ様は思ったよりも手強《てごわ》いようだった。

でも万が一にもレナ様が殺されるなんてことがあってはいけない。

そんなことは私が全力で阻止する。私はレナ様が陛下と結ばれて、幸せに笑う姿を見たいのだ。

そのためにもフィーノの消息を突き止めて、リアンカ様が犯人だという証拠をつかみたい。

だが、なかなか上手くいかないものだ。

「この件が片づいたら、ディアナ様やレナ様の侍女たちと協力して、レナ様を正妃にすることに専念できるのに」

「そうは言っても、簡単に片づくわけありませんよ……」

侍女が呆れた顔をする。

「それはわかっているわよ。でも商会に調べてもらっているのに、どうしてこう……上手くいかないのかしら」

「それだけ優秀な者が雇《やと》われているということでしょう」

「……そんな者が、リアンカ様なんかに雇《やと》われるかしら」

裏社会の人間は、報酬次第でどんな人間にだってつく。とはいえ、誰についたら得かくらいは考えるものだ。

伯爵令嬢のリアンカ様は、正妃になってもおかしくない身分であるとはいえ、あの人柄ではとても相応《ふさわ》しいとはいえない。

裏社会の人間にも、それはわかるはずだ。

優秀であればあるほど情報収集能力も高くなるので、なおさらリアンカ様の依頼を受けようとは思わない気がする。

それとも、よっぽど高いお金で雇《やと》われているのか。

一体どんな人物なのだろう。『魔力持ち』であるというレナ様の侍女に匹敵《ひってき》するような人物だとしたら恐怖だ。

私は自分の侍女たちを、レナ様ほど鍛《きた》えてはいない。護身術ぐらいは学んでもらっているが、それだけだ。

なのにいざという時は、レナ様の侍女が遅れを取るほどの相手と対峙《たいじ》しなければならない。

……本当に頭が痛い話だ。

私は後宮に入った当初、正妃の座にも側妃《そくひ》の座にも興味がなく、自《みずか》ら何かをする気はなかった。

そんな私がいま、こうして動いている。レナ様に出会って、レナ様の味方をしたいと、レナ様が幸せに微笑む姿を見たいと思ってしまったから。

本当に、レナ様は凄い。

人を引きつける魅力があると、心の底から思う。

ただ一心に陛下を思い、一生懸命頑張っているレナ様だからこそ、私は味方になりたいと思った。

そういうレナ様だからこそ、正妃に相応《ふさわ》しいと思うのだ。

彼女なら陛下を裏切ることなく、国のために尽くせる正妃になれるだろう。

レナ様を正妃にしたいと思ったのは、彼女が幸せに笑う姿を見たいと感じたのがきっかけだけれど、いまはこの国の民として、レナ様のような方に正妃になってほしいと考えている。

そんなことを思っていた時、私のもとに女官長がやってきた。

実家からの手紙を持ってきてくれたらしい。

「ありがとうございます。確かに受け取りました」

そう言って受け取り、その手紙に目を通す。

読んでいくにつれて、自分の顔色が悪くなっていくのがわかった。

そこには、リアンカ様が雇《やと》っている者の名が書かれていたのだ。

家族の間だけで使う暗号で示された、その名は――

「『暁月《ぎょうげつ》』が、リアンカ様に雇《やと》われている!?」

私は思わずそう叫んだあと、侍女たちを連れてレナ様の部屋へと向かった。

＊

「レナ様、失礼いたします」

そう言ってカアラが部屋に入ってくる。

私は陛下が去ったあと、ベッドに寝転がっていた。

フィーノがいないことで混乱していた気持ちが、少しだけ落ち着いている。

「これも陛下のおかげかしら……」

私がそうつぶやくと、カアラが呆れた顔をする。

「レナ様は相変わらず単純ですね。でも可愛らしいです」

「単純って……自分でもわかっているけど、でもそういうものなのよ。貴方たちも好きな人ができたら、きっとわかるわ」

「……正直、私には無縁な感情のように思います」

カアラは怪我をした右腕をかばいながら、私の寝支度を手伝ってくれる。

あまり夜ふかししては肌に悪いから、もう少ししたら寝るつもりだ。

念のため、チェリが扉の外で警備をしてくれており、メルはフィーノの捜索に出ている。後宮から派遣されている侍女たちはもう下がらせたので、部屋の中にいる侍女はカアラだけだ。

「そんなことを言って……人生長いんだから、カアラだって一度くらいは恋をするんじゃないかしら」

「そうですかね……でも、私にはレナ様のお子と歳の近い子を産んで遊び相手にするという使命がありますから、たとえ恋をするとしても、子を産んだあとになりそうです」

カアラの考え方は大分ドライだと、改めて思う。

そういう風に教育してしまったのは、私自身なわけだけど。

「まぁ、カアラがそれでいいならいいわ」

「ええ、私はレナ様のために生きられるだけで嬉しいですから。レナ様にお仕えすることができて本当に幸せなのですよ。だから私のことを、存分に使ってくださいね」

「ええ……そうさせてもらうつもりよ。けれどフィーノのことがあってから、私は少し迷っているの」

「レナ様はご自分の目的を達成することだけ考えてください。私たちをそのための糧《かて》にしてくだされぱいいのです。フィーノもそう願っていますし、彼女はきっと生きていますよ。あの子が簡単に死ぬはずがありません。ただ帰れない状況に陥《おちい》っているだけだと思います」

「ええ、そうね」

フィーノが簡単に死ぬはずはない。そう信じて待とう。

心から信頼する侍女と過ごす時間が、私を安心させてくれる。

だから、少し気を抜いてしまっていたのだろう。

カアラが灯《あか》りを消そうと私に背を向けた時、トンッ――と、何かが落ちてくるような音がした。

こちらを振り返ったカアラの、驚いたような顔が視界に映る。

ベッドに座っていた私は、カアラが私の背後を見ていることに気づいて、とっさに振り返ろうとする。

傷が痛むだろうに、カアラが私のほうに右手を伸ばした。

けれど、それは阻《はば》まれる。

何者かが私の視界を横切ったかと思うと、カアラの体が崩れ落ちた。

それは一瞬の出来事だった。

床に倒れたカアラの横には、黒い服を着た少年が立っている。

彼がカアラを一撃で気絶させたようだ。

私はいま起きていることをようやく理解して、その少年の顔を見た。

侵入者である彼と――目が合う。

赤い色が、私の視界に入った。血のように赤い瞳が、私を見つめている。

そうして気づいたら、彼は私のすぐ目の前にいた。

「きゃ――」

「黙ってね」

叫び声を上げようとしたが、その前に口を塞《ふさ》がれる。

自分の無力さがもどかしい。

どうにか反撃できないかと必死で抵抗した。何でもいいから武器になるものを、と思って手を動かすと、ベッドサイドのランプに触れる。

それをつかみ、相手の頭に振り下ろそうとする。けれどその手をつかまれ、阻止されてしまう。

侵入者は、作りもののような美しさを持つ少年だった。

私と同じくらいか、もっと年下だろうか。

男にしては長い髪も、瞳と同じ血のような赤色だ。

「大人しくしないと、君の侍女、殺しちゃうよ?」

少年は楽しそうに笑って、私に告げる。

「侍女……?」

「そうそう。フィーノって言ったっけ? 面白い子だからこっちで監禁してんだよね。ついでに言えば外にいた侍女さんもさっき倒しちゃったから、助けは来ないよ?」

何が楽しいのかさっぱりわからないけれど、少年はただ笑っている。

私の反応を楽しんでいるのだろうか。

「大人しくなったね。物わかりのいい女は嫌いじゃないよ。さて……」

次の瞬間、私はベッドに押し倒された。

右手からランプが離れて床に落ちる。

「君が正妃になれないようにしてほしいって頼まれてるんだよね。殺しちゃうのが手っ取り早いかなって思ったんだけど、それじゃあつまらないし……まずは君を犯してみることにしたんだ」

そんな残酷なことを、少年は口にする。けれど私はひるまず彼に問いかけた。

「誰に頼まれたの?」

すると少年はやや驚いたような顔をして、にやりと笑った。

「ふぅん、泣き叫んだりしないんだ、面白いね」

「泣いたりなんてしないわ。それより、貴方が誰に雇《やと》われているのかを知るほうが重要よ」

私は毅然《きぜん》と彼を見つめ返した。

「はは、いいね。内心怖くてたまらないだろうに、強がっているわけだ。その反応は悪くない。気に入ったから、ご褒美《ほうび》に教えてあげるよ」

彼は楽しそうに言った。

「俺の雇《やと》い主は伯爵令嬢のリアンカ・ルーメンだよ。だけど残念だね。これから君は俺に犯されて、彼女の悪事を暴《あば》くことはできない」

「やっぱりそうなのね。フィーノは……私の侍女は無事なの？」

私を怯《おび》えさせようとする少年を、私は負けじと睨《にら》みつけた。

「こんな時でも他人の心配かぁ。まぁ、彼女は無事だよ？　ずっとレナ様レナ様ってうるさいくらい」

「そう、よかった」

フィーノが無事だと聞いて、心の底からほっとする。でも、そんな心情を悟られるわけにはいかないから、私はなんでもない風を装《よそお》った。

「で、私を犯すですって？」

「ああ、そのつもりだよ」

「やるなら、さっさとやったらいかが？」

私がそう言うと流石《さすが》に驚いたのか、少年の目が見開《みひら》かれた。

「……ふぅん、いいの？　君って本当、面白いね。犯すって言えば、もっと取り乱すと思ったんだけど。怖くないの？」

怖くないわけではない。

それに、もしここで犯されたら、近いうちに妊娠したとしてもそれが誰の子かわからなくなる。

犯されたという事実が明るみになれば、当然妃ではいられなくなるだろうし、私に悪い評判がついてしまう。

後宮から出たあとも、結婚なんてできないだろう。

けれど、ここで彼に屈するくらいなら、そうなっても構わないと思った。体は犯されたとしても、私の心は折らせない。

「あの伯爵令嬢は、君が正妃になろうと必死で、生意気だって言っていたけど……君って正妃になろうとはしてないよね。あのか弱そうな男爵令嬢を守っていたみたいだし。本当、面白い」

「全部お見通しなのね……その割には、リアンカ様は何も知らないようだけど」

「ああ、聞かれてないことはわざわざ教えてないからね。それに、このまま勘違いしていてもらったほうが面白いじゃんか」

少年は、リアンカ様に忠誠を誓っているわけではなさそうだ。

ただ面白がって味方をしているだけに思える。彼はそういう性格なのだろう。

少年の手が、唐突に私の夜着に触れる。

それを乱暴に引き上げられて、胸が露《あら》わになった。

でも、私は取り乱さない。

「まだ泣かないんだ」

「泣かないわ。穢《けが》されても、私は私だもの。どんなことが起こったとしても、私は陛下のために行動するだけ。何も変わらないわ」

それは本心からの言葉だった。

私はいつだって気高くありたい。

リアンカ様は私の身を穢《けが》すことで、私の心を壊そうとしているのかもしれないが、そうはならない。

陛下への思いがある限り、何があっても、私は壊れたりしない。

たとえ妃でいられなくなったとしても、それでも構わないのだ。

そうなったら、私は間接的にでも陛下のために役に立てるよう頑張るだけだ。

私は何があっても、私でいる。

「ふぅん？　君って、陛下のことが好きなの？　正妃を目指そうとはしていないのに？」

少年は私に興味を抱いたようだ。面白そうに笑いながら、私に質問してくる。

「正妃を目指すことが、陛下を愛している証《あかし》というわけではないでしょう。陛下を好きだからといって、誰もが正妃を目指すわけでもないわ。それに正妃になろうが、後宮から去ることになろうが、私の思いは変わらないもの」

私は何があっても陛下が好きだし、陛下への思いが消えることなんてありえない。

「ふぅん、面白いね」

少年はぞくっとするほど美しい笑みを浮かべた。

「うーん、やーめた」

突然、少年が何かを思い立ったように、私の上からどいた。

その行動の意味がわからなくて、私は目を白黒させてしまう。

「ん？　何その顔？　俺に犯してほしかったの？」

「……そんなわけないでしょう。でも、なぜ気が変わったのか、理由が知りたいわ」

夜着を正しながら、私はそう言った。

「んー、君が面白そうだったから。俺、面白い人好きだし、君のこと気に入ったよ」

「……そんな理由で、仕事を放り出していいのかしら」

「いいんだよ。だって雇《やと》い主が俺を選ぶんじゃなくて、俺が雇《やと》い主を選ぶんだから。でもまぁ、とりあえずいまは犯すのをやめたってだけだけど。また明日も来るよ」

無邪気な笑みを浮かべて少年は言う。

気まぐれな少年だと思った。

おそらくリアンカ様の何かが、この少年の好奇心をくすぐったのだろう。

「あ、俺の名はイーシャ。『暁月』って呼ぶ人もいるね。これからよろしく、レナ様」

「え？」

『暁月』——明け方の月を意味するその名を、私は知っていた。

それは、裏社会で有名ななんでも屋だった。裏の世界に数々の爪痕《つめあと》を残してきた、有名な人物である。

流石《さすが》に驚いて聞き返してしまったが、その時にはもう少年の姿は見えなくなっていた。

＊

俺——イーシャは機嫌がよかった。

なぜならレナ・ミリアムが俺の想像を超えた面白い存在だったから。

俺の雇《やと》い主は彼女と敵対しているけれど、俺は雇《やと》い主の事情になど興味はない。

そもそも俺は、自分を楽しませてくれる依頼しか受けないことにしている。

だから、より興味をそそる依頼があったり、面白そうな雇《やと》い主が現れたりした時は、そちらに乗り換えることもあった。俺はいつも、そういう自由を認めることを条件に仕事を引き受けている。

いまこうして後宮にいるのも、ここに潜入すれば面白そうな仕事にありつけるのではないかと思ったからだ。

後宮に妃が集められると聞いてすぐ、俺は女に変装して後宮の侍女になった。

流石《さすが》に後宮ともなれば、侍女を一人雇《やと》うだけでも身元や経歴などを厳しくチェックされる。けれど俺にとっては、それをくぐりぬけるのも遊びみたいなものだった。

そうして侍女になり、しばらく後宮の事情を調べたり、自分が後宮にいるという情報をわざと流したりしていたところ、伯爵令嬢であるリアンカ・ルーメンから依頼があったのだ。

その頃にはもう、俺はレナ・ミリアムのことが気になっていた。妃にしては不可解な行動ばかりしていて、何を考えているのかわからなかったから。

そのレナ・ミリアムが正妃になるのを阻止してほしいと伯爵令嬢が言うので、俺は依頼を受けることにしたのだ。

そんなことを思い出しながら、後宮の隅《すみ》にある侍女の宿舎へ向かう。

与えられた部屋に戻りながら、俺は自分が微笑んでいることを自覚していた。

レナ・ミリアムとのやり取りが想像していた以上に面白かったからだ。

とはいえ、まだ彼女に協力してやるつもりはない。もっと面白くならなければ、いまの雇《やと》い主を見限ろうとは思わない。

部屋に戻ると、レナ・ミリアムの侍女――フィーノがこちらを睨《にら》みつけてきた。

彼女には魔法を使えなくする魔法具をはめ、両手足を拘束している。最初は普通に拘束していたのだが、魔法を使って抵抗しようとしたのでこうしてある。

侍女としてこの部屋を与えられてすぐ、俺は色々と細工を施《ほどこ》した。だから人一人くらいなら誰にも気づかれずに閉じ込めておける。

「ねぇ、レナ・ミリアムのところに行ってきたよ」

「っ!?」

「あはは、怖い顔。別に何もしてないって。レナ・ミリアムは面白いから、もう少し遊んでみようかと思ってんだ。殺すのが惜しいってくらい面白かったら、どうするか考えるよ」

人の反応を見るのは楽しい。特にフィーノはこちらを睨《にら》みつけたり、顔を驚愕《きょうがく》の色に染めたり、反応がころころ変わって面白い。

レナ・ミリアムの反応も面白かった。

伯爵令嬢からは、レナ・ミリアムが正妃になるのを阻止するようにとだけ言われており、方法については細かく指示されていない。

殺してしまうのが一番手っ取り早いが、それでは面白くないだろう。俺がちょっかいを出したら、レナ・ミリアムの澄ました顔がどう変わるのか見てみたい。

そう思って、レナ・ミリアムの部屋に行ったのだ。

伯爵令嬢は散々《さんざん》悪口を言っていたが、レナ・ミリアムと実際に話してみると思った以上に楽しめた。

だから、もう少し猶予《ゆうよ》を与えてやることにした。

レナ・ミリアムが、もっと俺を楽しませてくれることを願って。

＊

『暁月』――その名を持つ少年が去ったあと、私はベッドの上で脱力してしまった。

彼は、殺しはもちろん諜報活動や誘拐《ゆうかい》、窃盗《せっとう》など、あらゆる依頼をこなすことで有名だ。

そして彼は、気まぐれに人を殺すことでも知られている。

詳しいことはわからないが、何か彼の気に障《さわ》ることをした人間は、たとえ依頼主であろうが殺されてしまうという噂だ。

彼に気に入られないと依頼も受けてもらえないらしいし、高額な報酬を要求されるという。

それでも『暁月』はどんな難しい仕事でも完遂《かんすい》するため、彼への依頼は途絶えないのだとか。

裏社会の中でもかなり異色な存在で、けれど確かな実力を持った人物というわけだ。

そんな『暁月』が、私と変わらないぐらいの歳の少年だったなんて。

先ほどのことを思い出すと、体がぶるっと震えた。

けれど、いつまでも腰を抜かしたままではいられない。気絶させられたカアラや、部屋の外にいたはずのチェリは無事だろうか。

そう思った直後、喉の奥から絞り出すような声が聞こえてくる。

「レ、ナ様……」

意識を失っていたカアラが目を覚ましたようだ。

カアラは私の姿を見てほっとしたように息を吐き、すぐさま立ち上がって私に近づいてきた。

「大丈夫ですか？　お怪我はありませんか？」

「ええ。無事よ」

「……さっきの少年は？」

「『暁月』らしいわ」

「は？」

カアラはぽかんとする。けれど私の言葉の意味を理解すると共に、その顔が青ざめていった。

「そんな……レナ様が『暁月』に狙われているなんて」

そうしているうちに、チェリがよろよろと部屋に入ってきた。

「レ、レナ様」

「チェリ、大丈夫？」

「ええ、少し痺《しび》れ薬を嗅《か》がされましたが……」

そう言いながら、チェリはへたり込んだ。

ひとまず私たち三人は、命が無事だったことにほっとする。

そうしてやっと気持ちが落ち着いてきた頃、部屋の扉が激しく叩かれた。

「レナ様！　夜中にすみません。急用です‼」

扉を開けると、サンカイア様が勢いよく飛び込んでくる。

「リアンカ様が雇《やと》っているのが『暁月』だとわかりました！　危険ですわ！」

「……サンカイア様、その『暁月』なら先ほど来ましたわ」

私の言葉に驚いたように、サンカイア様は固まった。そして次の瞬間、叫び声を上げる。

「さ、先ほど来た⁉」

「ええ。おっしゃる通り、リアンカ様に雇《やと》われているようでしたわ。私を害そうとしていましたが、幸いなことに途中で気が変わったらしく、何もせずに帰っていきました。また明日も来るそうです」

「それなら――」

「サンカイア様、私は逃げるつもりはないですわ」

サンカイア様は、『暁月』が来る前に逃げたほうがいいと言おうとしたのだろう。

けれど、私はその言葉を遮《さえぎ》って言う。

「逃げたら『暁月』は私への興味を失うでしょう。そうしたら、私はいよいよ殺されるんじゃないかしら」

私を面白いと言ったあの少年は、興味がなくなれば簡単に私を殺すだろう。

「これは賭けですわ。けれど、私は彼と対峙《たいじ》することを選びます」

もしこの賭けに勝てたなら、私の望む未来への道が開《ひら》くような気がしていた。

「……わかりましたわ。けれどディアナ様と陛下にだけは、このことを伝えさせてください。このままでは、あまりにもレナ様の身が心配ですわ」

サンカイア様がとても辛そうな顔をするので、私は何も言わずに了承した。

＊

「……『暁月』だと？」

執務室で側近のトーウィンから報告を聞いた俺は、思わず声を上げてしまった。

あの『暁月』が王宮内に潜入していたというのも驚くべきことだが、昨夜俺がレナ・ミリアムのもとを訪れたすぐあとに現れたというのもぞっとする。仮にも王が訪れる場所に、やすやすと侵入したというのだから。

その報告はサンカイアという妃からディアナを通じてもたらされた。

「ディアナ様によれば、この件はレナ様がご自分でどうにかすると言っているそうなのです。なんでも、懐柔《かいじゅう》の余地があるから手出しは無用だと」

「懐柔《かいじゅう》……？」

俺は耳を疑った。

相手は裏社会で有名な、あの『暁月』である。そんな凄腕を相手に、何ができるというのか。

――殺されるだけなのではないか。

そう思った時、レナ・ミリアムのことが妙に心配になった。

もちろん俺は、誰かが殺されるかもしれないと聞いて、何も思わないような冷たい人間ではない。それが自分の妃ともなれば、なおさらだ。

けれどそういう心配とは違って、胸が締め付けられるような苦しさを覚えた。レナ・ミリアムが俺の前からいなくなってしまうかもしれないと思うと、自分の身が削《そ》がれるような気持ちになり、いますぐにでもレナ・ミリアムのもとに駆けつけたくなる。

この気持ちはなんだ。

本当にわけがわからない。

それに、レナ・ミリアムが自分を頼ろうとしないことも腹立たしい。

彼女は俺に、弱った様子すら見せようとしない。そういう姿を見せてすり寄ってくる女のほうが圧倒的に多いのに、レナ・ミリアムはむしろ俺に頼らず、自分で解決しようとしているように思える。

それがなぜか気に食《く》わなかった。

「レナ様は、周りが手を出したら『暁月』は容赦なく自分を襲ってくるだろうと言っているそうです」

「だからといって、放っておくわけには……」

「確かにそうですが、ここはレナ様の意見に従ったほうがいいように思います。もし彼女の言うことが本当なら、下手に手を出すと取り返しのつかないことになるでしょう。ひとまず警備兵を増やして様子を見てはいかがですか？」

俺はレナ・ミリアムに『暁月』をどうにかできるとは思わない。彼女のことが心配だ。

けれど信用している側近が言うならと、俺は渋々《しぶしぶ》その言葉に頷いたのだった。

*

「レナ・ミリアム、こんばんはー。よく逃げなかったね？」

「……こんばんは」

そろそろ寝ようと思っていた頃、突然部屋に現れた少年――イーシャに、私は呆れた声で返事をした。

カアラとメルが室内に控えていて、チェリも外を警戒していたはずだが、侍女たちの誰もが侵入されたことに気づかなかった。

昨晩イーシャは私に襲いかかろうとしたのに、今日はまるで友人に会いに来たような態度だ。その様子に違和感を覚えながらも、私は毅然《きぜん》と彼に向き合った。

まずはフィーノを返してもらえるように交渉しなければならない。

これは賭けだ。けれど必ず勝って『暁月』をこちらに取り込んでみせる。

「ちょっと怖い顔してるね。そんなに警戒しなくていいよ。少なくとも君が逃げずに俺と向かい合ってるってだけで、昨夜やっちゃわなくてよかったと思っているしね」

「……逃げたら、貴方は私を殺すことを躊躇《ためら》いもしなかったでしょう？」

「うん、まぁね。面白くなくなったら、すぐ殺しちゃうね」

イーシャはそう言って笑う。次の瞬間には、私の目の前にいた。

彼は笑みを浮かべたまま、私の首元に短剣を向ける。

カアラとメルが息を呑む。私はそれを横目に見ながら、ため息をついた。

「貴方にとっては、私を殺すくらい簡単なことでしょう？　なのに、なんでわざわざ寸止めして反応を見るのよ」

「んー、面白いから？　レナ・ミリアムがどんな反応するかなって、純粋に興味があるからかな？」

興味本位でこんなことをしないでほしい。

イーシャは、人と考え方がずれているように思える。ずれているからこそ、裏社会で活躍できるのかもしれないけれど。

「ねぇ。貴方、何歳なの？」

「ぷはっ、何？　短剣向けられてる時に聞くことがそれなんだ？」

「『暁月』が、こんなに若いなんて思わなかったから」

なぜこんなことを聞いているのか、自分でもわからない。だけど、私は妙に冷静だった。下手に抵抗しても意味がないと、本能的にわかっていたからなのかもしれない。

「俺はね、レナ・ミリアムと同い年だよ」

「……『暁月』って、随分昔から名を聞いていたように思うけど」

『暁月』という名前は、私が小さい時には既に有名だった。そんな幼《おさな》い頃から裏社会で活躍していたなんて信じられない。

「それは先代だよ。俺がこの名をもらったのは、四年前だし」

「……ということは、十二歳で『暁月』になったの？　そもそも、その名前って世襲《せしゅう》制なの？」

「俺は物心ついた頃から、この世界にどっぷり浸かっていた人間だからね。確かに若いかもしれないけれど、早すぎるってことはなかったよ」

私を害するように命じられている相手と、どうしてこんな話をしているのだろう。自分でも不思議に思う。

こんなどうでもいい話より、フィーノのことのほうが重要だ。けれど、いまはフィーノの話をしてはいけない気がして、あえて触れなかった。

きっといま必要なのは、私が彼にとって面白い人間であると示すことだろう。

「そうなの？　イーシャは凄いわね」

「俺が凄い？」

「ええ。私と同い年なのに、『暁月』の名とその技術を受け継いでいるなんて、凄いわ」

「……ふははっ、レナ・ミリアムは本当に面白いね。また明日も来るよ。あ、そうそう。実は伯爵令嬢が雇《やと》っている他の連中も君のことを狙っていたんだけど、君との会話の邪魔になるからとりあえず排除しといた。感謝してくれていいよ。じゃっ」

そんなことを言って、イーシャは笑いながら帰っていった。

その次の日も、イーシャは宣言通りにやってきた。

今度は私が部屋で昼食を取っている時だった。

「こんにちは、レナ・ミリアム」

彼は相変わらず突然現れて、馴《な》れ馴《な》れしく話しかけてくる。

「……裏社会の人間が昼間から堂々と顔を出すのは、どうなのかしら」

「昼も夜も関係ないよ。俺たちはいつでも活動しているし。それにしても君、俺が急に現れても驚かないよね」

「……もうとっくに慣れたわ」

「だからって、そこまで平然としているのは珍しいよ」

イーシャはにこにこ笑っている。

カアラたちは、ハラハラした様子でずっとこちらを見ていた。

「イーシャは、どうしてリアンカ様に雇《やと》われているの?」

「それ聞いちゃう?」

「ええ」

「そうだなぁ。ただ、面白そうだなって思ったからかな」

イーシャの話す一つ一つの言葉を聞き逃さないように、集中して耳を傾ける。

彼にとっては何が面白くて、何が面白くないのか。

どうすれば『暁月』を味方につけることができるのか。

彼と話しながら、私はそれだけを考えていた。

「面白いかどうか、というのが貴方にとっては全てなの?」

「そうだね」

「じゃあ、リアンカ様を裏切って、私の下につく気はない?」

「レナ・ミリアムの下に?」

私の言葉に、イーシャは目を細めた。

私たちのやり取りを聞いている侍女たちは、ますますハラハラした表情を浮かべている。

「ええ」

「それって、俺にどんな得があるの？」

「……私は貴方を退屈させないわ。貴方にとって面白いと思えるような存在であり続けてあげる」

「へぇ、自信満々だね？　それは面白いな。でも、面白くなくなったらどうすんの？」

「――その時は、貴方の自由にしてもらっていいわ」

この契約は、諸刃《もろは》の剣《つるぎ》だ。

もし彼が頷いたとしても、私はいつ裏切るかわからない人間を手元に置くことになる。

だけど、『暁月』がこのまま私の敵で居続けるよりは、そっちのほうがずっといい。

『暁月』は味方にするより、敵に回したほうが恐ろしい。

「ふぅん、本当に肝《きも》が据《す》わっているね」

イーシャが笑う。

私をいつでも殺せる少年は、私のことをじっと見ている。

「んー」

彼は悩むような仕草をしてから、あっけらかんと言った。

「それもありかもね。じゃあ、とりあえずは仮契約ってことでどう？　そうしたら、侍女のことは返してあげるよ」

イーシャは愉快そうに目を細めていた。

「仮契約と本契約は、どう違うのかしら？」

「んー、俺がただそういう言い方をしているだけで、基本的には何も変わらないよ。俺がたまたまレナ・ミリアムに興味を持って、君の側についてもいいかなと思ったことのほうが重要だ」

私の問いに、イーシャはそう答えた。

「ま、俺がずっとレナ・ミリアムの下につくかどうかは、君次第ってこと。いつか俺が一生を捧《ささ》げてもいいって思ったら、本契約を結んであげるよ」

つまり仮契約である以上、彼はいつ裏切るかわからないということだ。

「……もし仮契約を結ぶ場合、貴方は報酬として何を望むのかしら？」

私は頭をフル回転させながら、慎重に言葉を選んで問いかけた。

「そうだな……いつも依頼を受ける時は成功報酬としてあとから金をもらっているんだけど、今回は俺が飽きるまでの契約ってことになるから、月々これくらいでどう？　侯爵令嬢なら払えない額じゃないだろう？」

イーシャが指を使って提示したのは、安くはないが確かに払えない額ではなかった。

「わかったわ。仮契約を結びましょう。最後に、もう一つだけ質問をいいかしら？」

「いいよ。何が知りたい？」

イーシャは私が質問するのを面白そうに待っている。

「貴方と本契約を結んだ場合、私が支払う報酬の額は変わるのかしら？」

「あははは。そんなこと気にするんだ。本当に面白いね」

イーシャは今までで一番愉快そうな声を上げて笑った。

ひとしきり笑ってから、彼は再び口を開《ひら》く。

「もし俺が本契約を結んでもいいと思ったら、その時はまあ、あんたの侍女たちと同じ条件で雇《やと》われてやるよ。そんな日なんて絶対に来ないと思うけど。せいぜい頑張ってみな、レナ様」

契約の証《あかし》のつもりなのか、イーシャは私のことをそう呼んで、美しくも禍々《まがまが》しい笑みを浮かべた。

＊

「レナ様が面白いから、君を返してあげることにしたよ」

俺はフィーノを閉じ込めている部屋に戻り、開口一番そう言った。

「な、何を言ってるの⁉」

拘束されたままのフィーノが驚きに目を見開《みひら》く。

何度か話してみたらレナ・ミリアム――いや、レナ様とは気が合いそうだったし、何よりあんな風に契約を持ちかけてくるのも面白いと思った。

予想外に面白くて、興味を持ったから予定を変更したのだ。

フィーノの拘束を解き、魔力封じの魔法具を外しながらそんな説明をしてやると、彼女は勢い込んで言った。

「でしょう⁉ 私たちのレナ様はすっごく素晴らしいのよ‼」

まったくもってこの主従は面白い。

本物の信頼関係で結ばれた主従というのは、あまり多くはない。でも、レナ様の侍女たちは、彼女のことを心から慕《した》っている。

だから主《あるじ》のためならなんでもやる覚悟を持っている。

ただの侍女でしかないのに、この俺に立ち向かってきたし、勝てないとわかっていても、諦《あきら》めない。

そういう連中は嫌いじゃない。

「あんたは本当にレナ様が好きなんだな」

「当たり前です!! レナ様は素晴らしい方ですもの。でも……貴方はレナ様と契約して、何をするつもりなの？」

「まぁ、実際どうするかは未定だけど、ひとまずはそっちの味方をしてやるよ」

つい先ほどまで敵対していた相手が急に味方についたとなれば、フィーノが疑いたくなるのも当然だろう。

けれどレナ様は自分から契約を持ちかけてきた。そういうところも面白い。

まぁ、俺は楽しめさえすればいいから、フィーノや他の侍女たちを殺して、レナ様の反応を見てもよかったんだけどね。

そう考えると、レナ様は本当に賢いなぁと、ますます愉快な気分になる。

俺を受け入れることと、敵対し続けることのどちらが得か、彼女は瞬時に判断していた。それは普通の貴族令嬢にできることではない。

「……レナ様が決められたことならいいわ。早く私をレナ様のところに返してちょうだい」

「まあそう焦るなよ。仮契約してやったんだから、急がなくてもちゃんと返してやるよ」

「ふふん。とても可愛くて素晴らしいレナ様の下に一度でもつけば、他の人につこうなんて思うはずがないわ。貴方もきっとレナ様に一生お仕えしたくなるでしょう！」

「……まぁ、そうなったらなったで楽しそうだし、問題はないけど」

基本的に俺は、特定の誰かに仕えることはしない。すぐ飽きるのが目に見えているからだ。そんな俺が特定の主《あるじ》を持つというのも、それはそれで愉快だ。

そういう自分が想像できないからこそ、先が読めなくて面白い。

「余裕を持っていられるのもいまのうちよ！　すぐに貴方もレナ様の虜《とりこ》になるわ。私たちのレナ様は最高なのだから!!」

「はいはい、それがわかるのを楽しみにしているよ。それより、レナ様が待っているから行くよ」

「ああ、レナ様、レナ様。このフィーノ、ようやくレナ様のもとへ帰れます!!」

本当に心酔《しんすい》しているな。

この主従は、やはり面白い。

これからしばらくは、レナ様とその侍女たちを観察しながら遊ぶとしよう。

＊

「レナ様!!　ご心配をかけて申し訳ありませんでした!!」

イーシャと私が仮契約を結んだあと、フィーノが無事に帰ってきた。怪我はしていたものの思ったより元気そうで、私はその姿を見て心からほっとした。

イーシャが本当にフィーノを返してくれるのかどうか、不安はあった。

彼はリアンカ様に雇《やと》われていたのだから、簡単に信用するのは難しい。

けれど約束通り、こうしてフィーノを返してくれた。

私はカアラたちと喜びを分かち合いながら、フィーノを抱き締める。

「いいのよ、こうして貴方が生きて帰ってきてくれただけで、私は幸せだもの」

「私もレナ様のもとに帰ってこられて、本当に嬉しいです!!」

彼女がにこにこと笑ってくれて、私はとても安心した。

フィーノ、生きて帰ってきてくれてありがとう。

「そういえば……ヴィニーたちは？　そろそろ戻ってくる頃ではありませんか？」

後宮から派遣されている侍女たちのことを気にして、チェリが首をかしげた。

イーシャと仮契約を結んだあと、入れ違いで部屋に戻ってきた彼女たちには、もう一度仕事を頼んで外に出てもらっていた。

けれど頼んだ仕事の量からして、そろそろ帰ってくるはずだ。

まだ少年とはいえ男性であるイーシャがここにいるのを彼女たちに見られるわけにはいかないから、なんとかしなければ。

そう思っていたら、イーシャが口を開《ひら》いた。

「ああ、あの侍女たちなら、すぐには帰ってこないようにしておいたよ。そうそう、あのヴィニーって子、ちょっと口が軽いから気をつけたほうがいいと思う」

「……それは、どういう意味？」

ヴィニーの口が軽い？　確かにおしゃべりなところはあるかもしれないが……何か含みがあるような言い方だと感じた。

「俺、侍女に変装して後宮に潜入してたんだよね。だから他の侍女から情報収集することが多かったんだけど、あのヴィニーって子は特に口が軽くて役に立ったよ。あの子は後宮の事情をほとんど知らないみたいだけど、俺みたいな人間からすれば有益なこともあるし、注意したほうがいいと思うな」

「……ああ、そういうことだったの。というか、侍女に変装って……貴方、女装していたの？」

「そうだよ。仕事するうえでは、できたほうがいいだろ」

私は信じられない気持ちでイーシャを見つめる。

いや、でもこれだけ綺麗《きれい》な顔立ちをしているのだから、女装も似合いそうだ。

「何か言いたそうな目をしているね。そんなに女装に抵抗がある？　利用できるものはなんでも利用した方がいいに決まってるじゃんか」

ははっと楽しげにイーシャが笑う。

「……似合いそうね」

なんと答えていいかわからず、どうでもいいことを言った。

「似合うよ。女装してたら、めっちゃ男に口説《くど》かれるし」

「……そう。それより仮契約を結んだのだから、貴方をディアナ様たちにも紹介したいのだけど」

「ああ、仲良くしてるんだっけ。別に問題ないよ。とりあえず俺は呼んでくれればすぐに行くから」

そしてイーシャは「じゃあ、また」と言っていなくなった。

素早い。というか、呼べばすぐ来ると言っていたけれど、いまも近くにいるのだろうか。

そう思ってカアラたちに気配を探らせてみたけれど、どこにいるかわからないという。

……本当に呼んだら来るのかしら。

謎だ。なんだか悔しい気持ちになってしまう。

結果的にイーシャがああいう性格だったから助かったけれど、そうでなければ私は致命的なダメージを受けるところだった。

そんな事態にならないよう一生懸命頑張ってきたつもりなのに、私はまだまだなのだと思うと悔しくてたまらない。

でも、それだけで終わるつもりはない。この悔しさをバネに、また対策を練《ね》っていこう。

「……はぁ。ひとまず、明日ディアナ様とサンカイア様に話をしに行きましょう。今日は早めに寝るわ」

「そうですね。ディアナ様たちへはお手紙を出しておきますから、レナ様はゆっくり休んでください」

「ここのところ、イーシャのせいで寝不足でしょう?」

「いつでもお休みになれるよう、支度をしておきますね」

侍女たちが口々にそう言ってくれた。

これからまた何かが起きるかもしれない。休めるうちに、きちんと休んでおこうと思った。

翌日、朝一番にサンカイア様がやってきた。

「レナ様！　あれはどうなりましたか⁉」

サンカイア様は部屋に入ってくるなり、勢いよくそう尋ねてきた。

「『暁月』のことなら、ひとまず大丈夫ですわ。ですから落ち着いてくださいませ」

どう説明したらいいものかと思いながらもそれだけ伝える。サンカイア様は詳しく話を聞こうと前のめりになっていた。

「ディアナ様にも説明したいので、もう少し待っていただいてもいいでしょうか」

「え、ええ……」

サンカイア様を落ち着かせるため、侍女に紅茶を淹《い》れさせる。

それにしても、こんなに慌てて来てくださるなんて、なんだか嬉しかった。

「サンカイア様、心配してくださってありがとうございます」

「当然ですわ」

私の言葉に、サンカイア様はそう言って笑った。

それからしばらくして、ディアナ様もやってきた。

「朝からお呼び立てして申し訳ありません、ディアナ様。早めに報告しておきたいことがございまして……」

私はディアナ様に椅子を勧めてから、話を切り出した。

「先日、私のもとへやってきた『暁月』についてなのですが……」

「『暁月』がどうかしたのですか？」

ディアナ様は『暁月』の名を聞いて、険《けわ》しい表情を浮かべていた。

「実は昨日、『暁月』と仮契約を結びましたの」

そう言うと、二人が飲んでいたお茶を噴き出した。

「それは、どういうことですか⁉」

「ええ、っと、レナ様の身はご無事なのですよね？」

こんな風に二人が取り乱すのは珍しい。でも、私も親しい令嬢から同じことを言われたら、流石《さすが》に戸惑うかもしれない。

私は『暁月』についてわかったことと、フィーノを返してもらったこと、イーシャとのいまの関係などを詳しく説明する。

「『暁月』――イーシャは、とにかく面白いことが好きで、とても気まぐれな性格なのです。幸い、私に興味を持ってくれたようなので、リアンカ様を裏切って私につかないかと持ちかけてみたのですわ」

二人の顔は驚きの色に染まっている。

それも当然だ。私だって逆の立場なら、そういう顔になってしまう。

「それでは、大丈夫なのでしょうか……」

サンカイア様が困った顔をして言う。

「さぁ、わかりません。けれど敵に回すよりは、断然いいのではないでしょうか」

「それは、そうですけど……よく気に入られましたね」

「どこを気に入られたのかは、私にもよくわかりませんわ」

これは正直な感想だ。どこを、どんな風に気に入られたのか、全くぴんとこない。

「それで、その『暁月』は？」

「どこにいるかはわかりません。けれど、呼べばいつでも来ると言っていましたわ」

呼べば来ると言われただけで、イーシャを呼び出す方法は何も聞いていなかった。

「……イーシャ、いたら返事をお願いします」

「はいはーい」

試しに呼んでみたら、本当に声が返ってきて驚いてしまう。

次の瞬間には、イーシャは私たちの目の前に立っていた。

見れば、ディアナ様とサンカイア様も驚いた顔をしている。いきなりその場に現れたイーシャはいつもの笑みを浮かべていた。

「初めまして。俺、イーシャ。よろしく」

イーシャがサンカイア様とディアナ様に向かって自己紹介する。

「え、ええ……」

「……サンカイアですわ。よろしくお願いします」

そう言いつつ、二人とも警戒したままだ。

そしてディアナ様が口を開《ひら》く。

「あの、『暁月』さんは――」

「あ、イーシャでいいよ」

イーシャがディアナ様の言葉を遮《さえぎ》って言う。彼がフレンドリーすぎるからか、ディアナ様は顔を引きつらせている。何とも言いがたい感情を覚えているようだ。

気持ちはわかる。私もイーシャと話していると、そういう気持ちになるからだ。

ディアナ様はふっと息を吐き出すと、もう一度イーシャに話しかけた。

「……イーシャがレナ様についたのなら、リアンカ様のほうはどうなるのでしょうか」

「ああ、あの伯爵令嬢なら、放っておいてもなんともないと思うけど。後宮の警備も大分強化されているし、俺以外に有能な手駒もいないし。まぁ、いままでやってきたことの証拠が欲しいなら、俺がいくらでも持っているからあげるよ？　それを王様に提出すれば終わりじゃね？」

……軽い。

どうして、こうも軽いのか。

敵であるよりはいいと思ったけれど、間違いだっただろうか。

一番いいのは、私がイーシャにとって一生仕えてもいいと思えるような主《あるじ》になる――

つまり本契約を結ぶことなのだろうけれど。

もしくは、侍女の誰かと恋仲になってもらえば、裏切らなくなるかしら。

どうにかして、この『暁月』をつなぎとめたいものだ。

「あ、そうだ」

イーシャが突然思い出したように口を開《ひら》く。

「いっつも部屋にひきこもってる妃の子、いるじゃん。あの子もレナ様が狙われている

のを気にして色々調べていたみたいで、俺の名に行きついたみたいだよ。いま、この部

屋の前をうろうろしているけど」

「え？」

軽い調子で言われた言葉に驚く。

いつも部屋にひきこもっている妃とは、アマリリス様に違いない。

確かに私のことを心配してくれているようだったけれど、部屋の前に来ているとは一

体どういうことだろう。

「アマリリス様をこちらにお呼びしてもいいでしょうか」

私はディアナ様とサンカイア様に尋ねる。

「ええ」

「もちろん構いませんわ」

二人に許可をもらうと、私は部屋の外にいるらしいアマリリス様を迎えに行った。

イーシャの言った通り、アマリリス様は私の部屋の前にいた。そして彼女を部屋に迎え入れた時には、イーシャはいつの間にか姿を消してしまっていた。

「突然訪問してしまい、申し訳ありません」

アマリリス様はこの場にディアナ様とサンカイア様がいたことに驚いているようで、二人をちらちら見ている。

侍女を連れていたけれど、アマリリス様だけ入ってもらった。アマリリス様の身を心配したのか、彼女の侍女たちはかなり渋《しぶ》ったものの、彼女に言われて受け入れたようだった。

「朝から申し訳ありません。レナ様、貴方は『暁月』に狙われております。どうか、もう目立つ行為はおやめくださいませ。レナ様の目的がなんなのか私にはわかりませんが、命を狙われてまでしなければならないことなのでしょうか」

まっすぐに私の目を見て、アマリリス様は言った。

本当にいい方だ。自分の目的のためだけに動いている私のことを真剣に心配してくれている。

そんなアマリリス様だからこそ、本当のことを話しても大丈夫だと私は思った。

「アマリリス様、心配いりませんわ。確かに『暁月』は私を狙っていました。しかし彼は、私の味方になると明言したのです。だから問題ありませんわ」

「え……？　それは、本当でしょうか？」

訝《いぶか》しげな顔をしてアマリリス様が言った。

「ええ。本当ですわ」

「そう……なのですか。でも、そのようなことを私に話して大丈夫ですか？」

「ええ、アマリリス様は私のことを以前から心配してくださっていました。勝手ながら貴方についても調べさせていただきましたが、私と敵対するようなことはないと思いましたの」

「……それは、レナ様の目的次第ですわ」

アマリリス様はそう告げて、青い瞳でこちらを見つめる。

ああ、そうか。アマリリス様からしてみれば、私は不可解な行動をしている令嬢なのだ。

ディアナ様とサンカイア様は事の成り行きを見守るように、ただ黙って私たちの様子をうかがっている。

「……アマリリス様。私は貴方になら、私の目的を話しても問題がないと考えましたわ。だから、お話しいたします。でも、他の人には言わないでくださいね？」

私の目的を伝えるためには、私が陛下のことをどれだけ好きかを話さなければならない。それは少し恥ずかしい。

でも……私はアマリリス様のことを好ましいと思っているので、本音を話したいと思った。

「私は陛下のことを心から愛しています。だから、陛下が幸せになる手助けをしたいのですわ。例えば後宮が荒れたままだと、陛下が落ち着いて正妃を選べないでしょう？　私はそういう問題をなくしたい。陛下が少しでも楽になるように働きたい。それが私の目的ですわ」

恥ずかしいけれど、こういうことはきちんと言わなければならない。私はリアンカ様と対立していることや、いままで目立つことをしてきた理由も話した。

私の話を聞いたアマリリス様は、驚きに満ちた顔をしている。

「……そう、なのですか」

「……ええ」

こんな風にまじまじ見られると、なんだか居心地が悪い。

ディアナ様とサンカイア様が妙に優しい目で私を見ているのもわかって、視線を逸らしたくなる。

「では、私も……。レナ様の秘密を教えていただいた代わりに、私の秘密をお教えしますわ」

「秘密……？」

アマリリス様の秘密と言われても、全く思い当たるものがなくて首をかしげる。

「はい。私、実は小説を書いているのです」

「……小説？」

「はい。レナ様が以前、好きだと言ってくださったティーンは、私なのですわ」

その言葉に驚きの声を上げたのは、私とディアナ様だった。

ティーンは有名な恋愛小説家で、ディアナ様とはその話で何度も盛り上がったことがある。

その正体は謎に包まれており、年齢も性別すらもわからなかったのだが……

「……本当ですか？」

私は思わずそう聞き返していた。

アマリリス様があの有名なティーンだなんて、すぐに信じられるわけがない。

「ええ。私は昔から文章を書くのが好きで……。正妃になるとそういう仕事はできなくなると思ったからこそ、ずっと陛下のことを拒んでいたのです。そのことは、お父様も納得してくれておりますわ。私は早く正妃が決まって、実家に帰れることを願っています。だから……レナ様がそういう目的で行動されているなら、是非お手伝いしたいですわ」

アマリリス様はそう告げて、にこっと笑ってくれた。

アマリリス様の笑みには癒《い》やされる。見ていると、なんだか幸せな気分になるのだ。

「まあ！　それは助かりますわ！　どうか、皆で陛下を幸せにしましょうね」

私は嬉しくなってそう言った。

浮かれている私に、アマリリス様が続ける。

「『暁月』に命じて、リアンカ様の悪事の証拠を王宮に提出させたらどうでしょうか。リアンカ様のことをどうにかするなら、それが一番確実な気がします。それに、本当にレナ様の味方についたのだと『暁月』に証明させることにもなりますわ。私は正直なところ、彼をすぐには信用できません。念のため、それくらいのことはさせてもよいと思います」

アマリリス様が一生懸命考えてくれた言葉に、私は納得する。

イーシャの返事なのか、どこからか壁を叩くような音がした。アマリリス様の前に出てくる気はないらしい。

仮契約とはいえ、イーシャを味方にできたのだ。アマリリス様も協力すると言ってくれている。

これなら、陛下のことを幸せにするための計画に、より一層力を入れられるだろうと、私は嬉しくなった。

これからのことを思って、私はやる気に満ちていた。リアンカ様問題が解決すれば、いよいよ陛下は正妃を選びやすくなるだろう。

＊

「王様、こんにちはー、初めまして。俺イーシャ」

「……お前が、『暁月』なのか？」

仮にも国王だと言うのに気安く挨拶《あいさつ》され、少し面食《めんく》らった。

ここは俺の部屋であり、もちろん外に警備兵はいたはずだ。なのにこの少年が、どこからともなく現れたことに驚く。

流石《さすが》はあの『暁月』といったところか。

先ほどディアナから、「『暁月』がリアンカ様の情報を持っていくから、そのつもりでいてほしい」という連絡をもらっていた。『暁月』はリアンカ・ルーメンに雇《やと》われていたようだが、レナ・ミリアムに寝返ったらしい。

それにしても……若い。まさか、『暁月』がここまで若いとは思わなかった。

本当にこの少年が、裏社会で有名ななんでも屋なのだろうかと疑いたくなる。

だが、彼が誰にも気づかれずにここまでやってきたのは事実だった。

「はい。これがレナ様から渡すように言われた証拠だよ」

そう言って、イーシャは紙の束《たば》といくつかの包みを俺の前に置いた。リアンカ・ルーメンの悪事の証拠だという。

「王様は、リアンカ・ルーメンのことをどうする気？」

「……もちろん処罰する。それより、お前はどうしてレナ・ミリアムの味方を？」

「気に入ったから」

とても楽しそうに『暁月』が笑う。

「リアンカ・ルーメンには、このことをなんと伝えるつもりだ？」

そう問いかけると、彼はきょとんとした目でこちらを見た。

「何も言わないよ？　俺がレナ様につくと決めた時点で伯爵令嬢との契約は白紙に戻った。わざわざそう知らせに行ってやる必要はないだろ。レナ様のためになるわけでもないし」

「本当にレナ・ミリアムのことを気に入ったのだな……」

俺は思わずため息をつく。

そんな俺を見て、『暁月』は意地の悪そうな笑みを浮かべた。

彼は後宮や王宮に忍び込んで自由に動いていたという。

警備兵たちは何をやっているんだと言いたくなるが、彼を見ていると仕方がないことかもしれないと思えてくる。

まず、気配が違う。

存在感が限りなく薄いというか、まるで幻《まぼろし》のようだ。それだけ隠密《おんみつ》に事を運ぶ能力に長《た》けているということだろう。

年下の少年が、これほど洗練された技能を身につけているというのは、驚くべきことだ。

とはいえレナ・ミリアムが『暁月』を味方にしたということは、彼女の身は無事だということである。

その事実に、なぜか心底ほっとした。

「王様も、きっとレナ・ミリアムのことを気に入るんじゃないかな?」

「……それは、なぜだ?」

「んー、同じ男としてそう思うだけだよ。それより、リアンカ・ルーメンのことだけど――」

イーシャの言うことの意味がわからない。けれど話はリアンカ・ルーメンのことに移り、結局その言葉の真意を尋ねることはできなかった。

数日後、俺は側近たちと共にリアンカ・ルーメンのもとを訪れた。

イーシャから提供されたのは、主にレナ・ミリアムへの嫌がらせや、彼女の命を狙っていたことの証拠だった。

その中には、パーティーでレナ・ミリアムの飲み物に入れられた薬物とその隠し場所を示したメモや、薬物の混入を命じられた侍女の名前、リアンカ・ルーメンが何人かの暗殺者と交わした契約書などもあった。

イーシャの情報に従って薬物の調達ルートを調べてみたところ、薬を手配した者や後宮に納品した者からもリアンカ・ルーメンの名を聞くことができたのだ。

さらに実行役の侍女を呼び出して問い詰めてみると、リアンカ・ルーメンに命じられたという証言が得られた。

それらをリアンカ・ルーメンの前に突きつけ、そして『暁月』の証言があることを伝えると、彼女は驚くほどあっさりと自分の罪を認めたのだった。

以前処罰したベッカ・ドラニアと比べてあまりに冷静なので、驚いてしまう。

「……陛下がこれだけのことをお調べになって、ここにいらっしゃるということは、私は負けたということですね」

椅子に腰掛けて姿勢を正しながらも、リアンカ・ルーメンは全てを諦《あきら》めたような顔をしていた。

「負け？」

「ええ。負けですわ。私はレナ・ミリアムに負けたのです。『暁月』まで味方につけたのに、このざまとは……情けないことです」

彼女は暴れるでも喚《わめ》くでもなく、淡々と現実を受け入れているように思えた。

俺は彼女のことを、プライドが高いだけの令嬢だと認識していた。けれど彼女は俺が思っていたよりも、貴族としての矜持《きょうじ》を持ち合わせていたのかもしれない。

「お前は、どうしてこのようなことをした？」

「どうして？　そんなの決まっておりますわ。私は正妃という地位が欲しかったのです。貴族令嬢の誰もが目指す地位ですもの。そして目指すべき、最高の地位でもありますわ。女として、もっとも権力を握れる立場。それを得ることが私の望みだったのです」

リアンカ・ルーメンはそう言った。

俺の幼馴染《おさななじみ》であるディアナは、正妃になりたくてここにいるわけではない。息抜きによく話をするエマーシェルも正妃を目指しているわけではなくて、ただ勅令《ちょくれい》だからここにいるといった風だった。

そしてレナ・ミリアムも、正妃を目指して動いているようには見えない。

そういう令嬢が身近にいすぎたからか、正妃という地位への執着が一人の令嬢にここまでさせるものとは思わなかった。

「正妃の地位は、人を殺そうとしてまで欲しいものなのか」

「ええ、そうですわ。それに陛下と歳の近い令嬢は、正妃になりなさいと幼《おさな》い頃から言われ続けるものですわよ？　私がこれまでしてきた努力は、全てこの後宮で陛下に見《み》初《そ》められるためにありました。私はどうしても正妃になりたかったのですわ。……まぁ、負けてしまいましたけど」

正妃になるようにと、言い聞かせられ続ける生活か。

親たちの気持ちもわからなくはない。ましてそれが伯爵家の令嬢ともなれば、正妃になってもおかしくない身分なのだから。

彼女が背負わされてきたプレッシャーは、想像してもしきれない。

「でも陛下、私は両親に言われたから正妃になりたかったわけではありませんわ。私は私の意思で正妃になりたいと思ったのです。そのためにできることは全部やりましたもの。満足しておりますわ」

これから処罰されるというのに、リアンカ・ルーメンは笑った。

「陛下。それで、私の処遇《しょぐう》は？」

「……このことは、ルーメン家に伝えさせてもらう。おそらくお前は勘当《かんどう》されて、辺境の修道院で一生を過ごすことになるだろう」

俺がそう告げると、リアンカ・ルーメンは黙ってそれを受け入れた。

こうしてあっけないほど簡単に、リアンカ・ルーメンは後宮から去っていった。

第三章

「レナ様、だらしない顔になっていますよ」

カアラが窘《たしな》めるように言う。

「ふふ、いいじゃない。ようやく問題が片づいたのだから」

私は自室でのんびり過ごしていた。

リアンカ様が処罰され、後宮から去っていったのは昨夜のことである。

イーシャの協力を得た陛下が早急に動いてくれたらしい。私はその知らせを聞いて、ご機嫌になってしまっていた。

これで後宮の問題は概《おおむ》ね片づいた。とても喜ばしいことだ。

陛下が誰を正妃に選んだとしても、邪魔する勢力はもういない。

これからは陛下の望む方を正妃にできるよう、全力を尽くすつもりだ。

陛下の幸せそうな姿が見れるかもしれないと思うだけで、私は嬉しくてたまらない。

「レナ様は、本当に可愛いですわね」

メルが私の様子を見ながらにこにこと笑っている。

「ふふ、褒めても何も出ないわよ？」

「構いませんわ。可愛らしいレナ様を見せてもらえるだけで、私にとっては十分なご褒《ほう》美《び》ですから」

メルは私と似たようなことを言っている。私たちは似たもの主従なのかもしれないと思った。

「でも、レナ様。いままで命を狙われていて大変だったのですから、少しはゆっくりしてくださいね！」

フィーノが私に向かって言う。

「フィーノだってずっと拘束されていたのだから、ゆっくりしていていいのよ？」

ヴィニーたちも、フィーノには休んでもらって構わないと言っていたのだけど、それでも彼女は働くと言ってきかない。

「私は大丈夫ですよー。結果的にあまり怪我もしていませんし、レナ様の侍女として役目を全《まっと》うすることは可能です。今度こそ不覚を取らないようにしますから」

フィーノはイーシャに捕まったことを恥だと思っているようだった。

「捕まっていた間は、レナ様のために働けなかったんですよ！　それに、あの男に遅れを取った私に汚名返上《おめいへんじょう》の機会をください！」

「わかったわ。それじゃあ、これからのことなんだけれど……障害がなくなったことだし、早速陛下の望む人を正妃にするために、本格的に行動を開始しようと思うの。だから、まずは陛下が誰を正妃にしたいかを知らなければならないわ」

陛下は誰を正妃に選ばれるのだろう。

もちろん国にとっても重要なことだからすぐには決まらないだろうけれど、陛下が目を付けている相手はいるかもしれない。

それとも、まだ考えている最中なのだろうか。

「……誰を正妃にしたいか、ですか」

カアラが私の言葉を繰り返す。

「ええ。陛下を幸せにすることが私の望みだもの。一緒にいて心の安らぐ方が正妃になれば、それはきっと陛下にとって幸福なことだわ」

私がそう言って笑うと、チェリたちはなんともいえない顔をした。

その夜、陛下が私の部屋を訪れた。

「ようこそおいでくださいました、陛下」

「ああ……」

陛下が私のもとへ近づいてくる。

その美しい顔をこんなに間近で見られるだけで、私は幸せだと感じた。

陛下は私の前まで来ると立ち止まり、目をまっすぐ見てくる。

「レナ・ミリアム」

「はい」

「『暁月』とリアンカ・ルーメンの件、助かった。感謝する」

私が色々裏で動いていたことは陛下に知られている。とはいえ、こんな風に真正面からお礼を言われるなんて思ってもみなくて驚いてしまう。

「……と、当然のことですもの。お礼は必要ありませんわ」

だから少しつっかえてしまった。陛下が私にお礼を言ってくださったというだけで、嬉しくて胸が高鳴る。

「私のほうこそお礼を言わねばなりません。私とイーシャの契約を認めていただき、ありがとうございます」

『暁月』という強敵をなんとかすることに一生懸命であまり深く考えていなかったのだが、イーシャはそもそも裏社会の住人である。

王侯貴族がそういう者たちを子飼いにしているのはよくあることだけれど、そんな人間を後宮に留め置くことが、おおっぴらに認められるわけがない。

とはいえ、イーシャとの契約を一方的に反故《ほご》にするわけにもいかなかった。そんなことをすれば、あの気まぐれな少年はあっという間に私を殺してしまうだろう。

そこで、陛下が特別に彼を雇《やと》う許可をくださったのだ。

その条件として、決して彼の存在を公《おおやけ》にしないことを約束した。この契約について既に知っているディアナ様やサンカイア様、アマリリス様たちを除いて、人に知られてはならない。

バレたら陛下の立場も悪くなってしまうから、私はこれだけはイーシャにきつく命じた。

イーシャはお安い御用だと頷いてくれたし、彼の能力を考えれば本当に簡単なことだろうから、ひとまず問題はないだろう。

「それについては気にするな。あいつは俺の手にも負えないし、むしろお前が手綱《たづな》を握ってくれているほうがありがたい。本当に、お前には頭が上がらなくなってしまったな」

陛下がそう言って微笑んだ。

その笑みに初めて出会った時の面影《おもかげ》を見たような気がして、私の心臓がドクンと大きく脈打った。

「そ、そんな、滅相《めっそう》もないですわ。それより陛下、今日はお聞きしたいことがございますの」

私は無理やり話題を変える。

「陛下はエマーシェル様のことを、どのように思っていらっしゃいますか?」

ここ最近、以前では考えられないほど、陛下と話をするようになった。

勘違いかもしれないけれど、陛下との距離が近づいているような気がする。だから、いまなら陛下に直接うかがっても、答えてもらえるかもしれないと思ったのだ。

「エマーシェルのことを?」

陛下がエマーシェル様の名前を呼び捨てにした。

陛下はディアナ様以外の妃たちのことを、家名を付けて呼ぶ。その理由はわからないけれど、エマーシェル様を呼び捨てにするのは、親しみを持っていらっしゃるからだろう。

改めて、私が集めていた情報が正しかったことを確認する。

「エマーシェルのことは大切に思っている。そういえば……エマーシェルのことも、お前が守ってくれていたと聞いたが……」

「少し気にかけていただけですわ。むしろエマーシェル様には冷たい態度を取ってしまったこともありましたし……」

「それもエマーシェルを守るためだったのだろう？　エマーシェルが言っていた。俺がレナのことばかり話すから気になってお前に話しかけたと。お前が狙われていることを、俺がエマーシェルに説明していればお前の手を煩《わずら》わせることもなかったのだが……色々動いてくれて、本当に感謝している」

「そ、そんな……とんでもないですわ」

どうして陛下がこんなに私にお礼を言ってくださるのだろう。

お礼を言われたくて行動したわけではないけれど、やっぱり嬉しいものだ。

貴族令嬢としての仮面がはがれ落ち、顔がとろけてしまいそうになる。私はそのことに気づいて、慌てて居住まいを正した。

「私にはもったいないほどのお言葉を賜《たまわ》り、光栄ですわ」

「それで、レナ・ミリアム。お前は……何を考えているんだ？」

「何を、とは？」

以前にも似たようなことを聞かれたわね、と思いつつ、陛下の意図をはかりかねて首をかしげる。

「……エマーシェルを守ったり、ベッカ・ドラニアやリアンカ・ルーメンの件にかかわったりしていた理由が知りたい」

陛下にまっすぐ見つめられ、私は言葉に詰まった。

だって、私が行動した理由なんて、陛下を愛しているからということ以外にない。

けれど、それを言うなんて無理だ。

そんなことを言って陛下を困らせたくはない。それに……恥ずかしかった。

私の陛下への思いを本人に告げるなんて、そんなことできるわけがない。

「……言いたくないなら、いまは言わなくても構わない」

「……はい。申し訳ありません、陛下」

陛下に譲歩《じょうほ》してもらったことに恐縮する。

でも、自分の気持ちを話さずに済んでほっとした。

「ところで陛下は、エマーシェル様のどういった点をお気に召していらっしゃるのですか？」

「そんなことを聞きたいのか？」

「ええ。興味がありますの」

以前の陛下なら、私がこういうことを聞いても答えてはくれなかっただろう。

でも嬉しいことに、いまの陛下は私の話を聞いてくれる。私の言葉に返事をしてくれる。それが本当に嬉しい。

「――そうだな、まっすぐなところだろうか。貴族令嬢にしては擦《す》れていないし、俺の周りにはいないタイプだ」

「ああ、それはわかりますわ」

エマーシェル様は、とてもまっすぐな心を持った方だ。貴族同士の腹の探り合いや駆け引きとは無縁なところで生きてきたように見える。

「あとは……気を張らずに会話ができて、表情にも言葉にも嘘がないから話していて楽だな」

「そうですわね」

相槌《あいづち》を打ちながら、陛下の話を聞く。

陛下はエマーシェル様のことを語る間、優しい表情をしていた。彼女のことを大切に思っているのは確かなようだ。

「ただ、エマーシェルの身分が低いことをもっと考えてやるべきだったと思っている。結果的にお前やディアナたちが守ってくれていたから大事はなかったが、そうでなければエマーシェルは殺されていたかもしれない」

それを聞いて、もしかしたら陛下は身分のことを気にして、彼女を正妃にしたいと言い出せないのではないかと思った。

エマーシェル様のご実家は辺境の男爵家だ。そんなところの令嬢を正妃にしても、政治的なメリットはない。

残念ながらいまのところ、陛下の個人的な感情以外にエマーシェル様を正妃に推《お》す理由がないのだ。

これでは、陛下も本音を口に出しづらいだろう。

それなら私は、陛下がエマーシェル様を正妃にしたいと言いやすくなるように行動しよう。

そう心に決めたのであった。

翌日、ディアナ様とサンカイア様、アマリリス様に私の部屋まで来ていただいた。

「私、エマーシェル様を正妃にするための行動を開始しようと思うのですわ」

私がそう宣言したら、三人はなんとも言えない微妙な表情を浮かべていた。

「ええ、っと、行動とは、具体的にどういうことでしょう？」

ディアナ様は少しだけ困った顔をして言った。

彼女がなぜそんな表情をしているのかさっぱりわからない。ディアナ様だって、幼馴染《おさななじみ》である陛下に幸せになってほしいとおっしゃっていたはずだ。

「陛下はエマーシェル様を正妃にしたいと思っていらっしゃる。その確信が持てたのですわ」

ようやく陛下の望む方を正妃にするための手助けができる。そう思って、私は興奮していた。大好きな方の幸せな結婚のために働けるなんて、嬉しいことだ。

「確信とは、どういうことですの？　確か、まだ陛下のお心はわかっていないはずではなかったですか？」

サンカイア様が怪訝《けげん》そうな顔で言う。

「昨夜、陛下とお話しましたの。それで、陛下はエマーシェル様を大切に思っていらっしゃるのだと確信したのです。陛下はエマーシェル様の身分が低いことを気にしていらっしゃいましたわ。だから、エマーシェル様を正妃にしたいけれど、言い出せないのだと思うのです。身分についてはどうしようもありませんけど、エマーシェル様が周囲から認められるような、正妃に相応《ふさわ》しい淑女《しゅくじょ》になれば、きっと陛下も本心を口にしやすくなるでしょう。私はそのために動こうと思うのですわ」

昨夜のことを思い出すと、頬が緩《ゆる》みそうになる。陛下が私にお礼を言ってくださった。その事実だけで、私はなんだって頑張れる気がする。

サンカイア様は私の答えに「そうですか……」と曖昧《あいまい》な笑みを浮かべる。

すると今度はアマリリス様が口を開《ひら》いた。

「レナ様は本当に陛下のことがお好きですのね。でもそれほどお好きなのでしたら、ご自身が正妃を目指したらいいと思うのですが……」

「そんな畏《おそ》れ多いこと望めませんわ！　私は自分の思いを陛下に押し付けたいわけではありませんもの。陛下の望む方を正妃にして、陛下に幸せになってほしいのですわ」

自分が幸せになりたいのではなく、陛下に幸せになってもらいたいのだ。

だから、エマーシェル様を正妃にしたいと思っている。

「そうですか……わかりましたわ。なら――女官長に相談してみるのはいかがかしら」

「女官長に相談？」

ディアナ様の言葉に、私は驚いて聞き返す。

視界の隅《すみ》には、何か言いたげな表情をしているサンカイア様が映った。

「ええ。レナ様は以前、もしアースがエマーシェル様を正妃にと望むのであれば、彼女に正妃教育をしたいとおっしゃっていたでしょう？　女官長は後宮の事情に通じておりますし、陛下の信頼も厚いですわ。だからお手伝いしてもらえないか、おうかがいしてはどうかと思いますの」

以前、陛下がエマーシェル様を気に入っていらっしゃるという情報を得た時に、彼女を正妃にする際の問題点について考えたことがある。

彼女にもっとも足りないのは、貴族令嬢としての教養だった。

陛下が望むのであれば、私はエマーシェル様が正妃になれるよう全力で支えたいと思っているけれど、彼女がお飾りの正妃になってしまってはいけない。

正妃に対する国内外からの評価は、その夫である国王の評価にもつながる。なので、仮にエマーシェル様が正妃になるとしたら、きちんとした教養を身につけていただきたいと思っていた。

そこで、私はディアナ様に相談することにしたのだ。

ディアナ様は公爵家の令嬢で、もっとも正妃の座に近いと言われるくらいの方だから、そういう教育は誰よりもきっちり受けている。

私も一応侯爵令嬢なので、王族に嫁ぐことを想定して教育されているし、二人で協力すれば、正妃として必要なことは一通りお教えできると思っていたのだ。

さらに女官長が協力してくれるのなら、とても心強い。女官長は王宮の事情に詳しいし、豊富な人脈も持っているから、色々な根回しができるだろう。

「それはいい考えですわ」

ディアナ様の提案に、満面の笑みを浮かべて頷く。

「ええ、是非相談してみてください。でも、それ以外のことを実行する際は、先に私たちに教えてくださいね。独断で行動しないようにお願いしますわ。これはアースの正妃を決めるための重要なことなのですから」

「ええ、もちろんですわ」

私はディアナ様の言葉にそう答えた。

＊

「ディアナ様」

テーブルについて早々、サンカイア様が私に呼びかけてくる。

「レナ様がエマーシェル様を正妃にしようとなさるのを、ただ見ているだけでいいのですか？　私はエマーシェル様ではなく、レナ様を正妃にしたいですわ」

サンカイア様は不満そうに言う。レナ様の部屋を出た私は、サンカイア様とアマリリス様と共に自分の部屋へ移動していた。

先ほどレナ様が言っていた件について相談するためである。

サンカイア様に続いて、アマリリス様が口を開《ひら》く。

「……私もレナ様のほうが正妃に相応《ふさわ》しいと思いますわ。それに私が情報を集めた限りでは、陛下のエマーシェル様への気持ちは、正妃にしたいとか、そういうものではないと思います」

彼女もはっきりと意見を口にした。

そんな二人に、私は笑みを浮かべて言う。

「私だってエマーシェル様を正妃にする気はありませんわ。ただ、レナ様を口で説得しようとしても、きっと上手くいかないでしょう。だから私はレナ様の計画を利用しようと思いましたの」

私もレナ様以外を正妃にする気はさらさらない。アースから話を聞いた限り、彼がエマーシェル様を正妃にしようと思っているとは思えないし、おそらくレナ様の勘違いだろう。

でも、その勘違いを利用できると私は思った。

「……利用、ですか」

サンカイア様は真面目な顔でこちらを見つめる。

「ええ。アースは言葉が足りないところがあるから、レナ様は何かを勘違いしたのだと思いますわ。でもその誤解を解いても、レナ様は正妃になろうとはしないでしょう。ならば、そうなりたいと思えるように仕向けられないかなと思いましたの」

レナ様はまっすぐな方だ。けれどまっすぐすぎて、時々融通《ゆうずう》がきかない。

そんな彼女を真っ向から説得しようとしても無駄だろう。

ならば、彼女が正妃になりたいと思えるような状況を作ればいい。

「それは、例えばどういう方法が……？」

アマリリス様は首をかしげている。

「レナ様は以前から、アースが望む方を正妃にしたいと口にしておりますわ。だったら、アースがレナ様を正妃にしたいと望めば、レナ様もその気になるはずです」

レナ様はずっと、アースが望む方を正妃にしたいと言っている。だから、その言葉を逆手《さかて》に取って、アースがレナ様を望むように仕向ければいい。

「そんなに簡単にいきますか？」

サンカイア様が思案するように顎《あご》に手を当てて言った。

「本人は無自覚なようだけれど、アースはレナ様を気にしていますわ。レナ様の思いを知ったら、レナ様のことを正妃にしたいと思うに決まっています。もしなんとも思っていなかったとしても、あんなに情熱的な思いをぶつけられたら、心が揺らぐはずですわ」

アースを幼《おさな》い頃から見てきた私は、そう確信していた。

そのまま話を続ける。

「少しのきっかけを作るだけでいいと思うのです。例えば、レナ様の口から本音を語っていただくとか」

レナ様は少し浮かれているように見えた。リアンカ様の件がようやく片づいたからだろう。

彼女の気が緩《ゆる》んでいる、いまが好機だ。

「まずは……そうですわね。レナ様は明日、女官長に話をするとおっしゃっていたから、その場面をアースに見せるのはどうかしら。アースを連れて先回りしておくのよ」

いくら疑り深いアースでも、本人が語ることなら信じるだろう。

私の言葉に、サンカイア様とアマリリス様は名案だと言って笑った。

＊

「レナ様は、とっても可愛らしい方ですわ。だから、アースは是非ともレナ様の可愛いところを見てくださいませ。あの方のことを、ちゃんと知ってくださいませ」

幼馴染《おさななじみ》のディアナからそう言われて、俺は考える。

いままでディアナは、俺がどんなにレナ・ミリアムのことを聞いても、詳しいことは教えてくれなかった。『レナ様との約束ですから』と微笑んで、いつもはぐらかしていたのだ。

最近は俺も、レナ・ミリアムとよく会話を交わすようになっている。

けれど、彼女は相変わらず仮面をかぶっていて、俺に本音を話そうとしない。聞きたいことは山ほどあるのに、なかなか聞くことができず、俺はもどかしい気持ちになっていた。

そんな俺に、ディアナが言う。

「レナ様が何を考えているか、教えて差し上げますわ。私もアースにレナ様のことを知ってもらいたいのです」

確かに俺はレナ・ミリアムのことを知りたいと思っていた。

けれど、いままで説明するのを拒んでいたディアナの気がなぜ変わったのか、疑問に思った。それを尋ねると……

「レナ様との約束がありますから、私の口からは言えませんわ。けれどレナ様本人の口から出た言葉を、アースが聞いてしまったのなら仕方ありません。そうでしょう？」

ディアナはそう言って笑った。

「レナ様は、アースがエマーシェル様を正妃に望んでいると勘違いしているようなのですわ」

「……俺はそんなこと、考えたこともないのだが」

俺がエマーシェルのもとへ通っていたのは、彼女を正妃にしたいからではない。

他の令嬢たちと違って体の関係もないし、俺にとって彼女は妹のような存在だった。

エマーシェルのもとを訪れる時は、彼女の領地での話を聞いたり、彼女が片思いしている相手についての相談を聞いたりしている。

「知っていますわ。でもだからこそ、私はレナ様の勘違いを正したいのです。そのためにも、アースにレナ様のことを知っていただきたいのですわ」

こんなに楽しそうなディアナは初めて見る。幼馴染《おさななじみ》の新たな一面を知って、唖然《あぜん》としてしまったのも仕方がないことだろう。

「さあ、もうすぐ時間ですわ。私と一緒に女官長のところへ行きましょう」

俺はその提案に乗ることにして、ディアナのあとについていった。

女官長は、突然訪れた俺とディアナに驚いたような表情を見せた。だが、すぐに仕事用の顔に戻る。

「陛下、ディアナ様、どうなさったのですか？」

「女官長、ごきげんよう。突然お邪魔してごめんなさいね」

ディアナがまず、突然の訪問について謝罪する。

「それは構いません。ですが、陛下とディアナ様が揃っていらっしゃるとは、一体何事でしょうか」

女官長は怪訝《けげん》な表情を見せていた。

後宮を開《ひら》いてからというもの、俺とディアナがこうして二人で会ったことはなく、手紙で情報のやり取りをするだけだった。

そんな俺たちが二人で現れたのだから、女官長が驚くのも当然だ。

「安心していいわ。悪い知らせではないから。物騒なことが起きたというわけでもないわ。ただね、貴方に少しお願いがあるの」

ディアナはにこやかに笑っていた。とても生き生きしている。

幼《おさな》い頃から王宮に出入りしていた彼女とは、女官長もそれなりに長い付き合いであるはずだが、そんな彼女でもここまで楽しそうなディアナを見るのは初めてだろう。

何があったのかとでも言いたげな目を俺に向けてきた。

「ディアナ……その説明だけではわからないだろう。そもそも俺自身、ここに何をしに来たかわかっていないんだが」

ディアナはただ、女官長のもとに行くと言った。

そうすればレナ・ミリアムの本音を聞くことができるとも言った。

けれど、女官長の部屋で具体的に何をするのか、どういう目的でここまで来たのかを、俺は一切聞かされていなかった。

「ええっと。私にお願いとは、どのようなことなのでしょうか」

女官長は俺の言葉を聞いて、先ほどよりもさらに戸惑ったようだ。

「ふふ、女官長。貴方も、アースに早く正妃を決めてほしいとお思いでしょう？」

「……それは、もちろんですわ。陛下の治世《ちせい》を安定させるためにも、正妃が早く決まるに越したことはありません」

王宮に仕える者としての思いがあるのだろう。女官長はディアナの言葉に頷いた。

「実はアースにはね、いま気になっている妃がいるの」

「陛下が、気になっている方……ですか？　それはエマーシェル・ブランシュ様のことでしょうか。彼女を正妃になさるのは、かなり大変だと思いますが……」

「ああ、それは違うわ。彼女ではなくて、別にいるのよ」

ディアナはにやりと笑ってこちらを見る。

俺が女官長の方を見れば、彼女はいますぐにでも本当なのかと問い質《ただ》してきそうな目をしていた。

「……ああ、本音を知りたい令嬢がいる」

「本音を知りたい？　でしたら、陛下が直接おうかがいすれば、それで解決する話なのではないのですか？」

女官長が拍子抜けしたように目を丸くする。

「……アースは口下手だから、なかなか上手く聞き出せないみたいなの。しかもその令嬢は、本音を話すのを嫌がっているのよ。でも私はその方の本音をアースに聞かせたいの。本当の彼女をアースに知ってほしいのよ」

「ディアナ様は……その方のことをよっぽど気に入ってらっしゃるのですね」

俺の目から見ても、ディアナはレナ・ミリアムのことを本当に気に入っている。そうでなければ、ディアナが他人のためにここまで動くことなどない。

「ええ。とても気に入っているわ。だから女官長、少しだけ私とアースをこの部屋のどこかに隠れさせてほしいの」

「……ええっと、気に入っているのはわかりましたけど、隠れさせてほしいとは？」

ディアナの言葉に、女官長だけでなく俺も驚いた。

女官長にレナ・ミリアムの本音を聞き出す方法について相談をするとか、女官長の協力を得て何かするとか、そういうことかと思っていたのだが……

「ディアナ、隠れるとはどういうことだ？」

「言葉通りの意味よ。ここに隠れさせてもらうの。女官長の部屋はそこそこ広いし、大きな家具もあるから、私とアースの二人くらいなら隠れられると思うわ」

にっこりとディアナは笑った。

「そういうことではなくてだな……」

なぜ女官長の部屋に隠れるのかということだ。ディアナが何を企《たくら》んでいるのか、考えれば考えるほど頭が混乱してきた。

「陛下のおっしゃる通りですよ、ディアナ様。せめて理由をお聞かせいただきたく思います」

女官長が俺の言いたいことを代弁《だいべん》してくれた。

「言わなくてもすぐにわかりますわ。それより、早く！」

「お、おい、ディアナ……っ」

ディアナに腕を引っ張られ、俺は彼女と共に本棚の陰に隠れることになった。

文句を言おうと思って口を開《ひら》こうとした時、部屋の扉がトントンとノックされる。

「女官長、突然申し訳ありません。お話ししたいことがございます」

聞こえてきたのは、レナ・ミリアムの声だった。

＊

「レナ様……いま、なんとおっしゃいましたか？」

私は侍女たちを連れて、ディアナ様からの提案通り、女官長のもとを訪れていた。

エマーシェル様を正妃にしたいと相談してすぐに具体的な提案をしてくださるなんて、本当にディアナ様は頼りになる。

ディアナ様の言う通り、エマーシェル様の正妃教育をするにあたって女官長の助力が得られれば、とても助かるだろう。

「ですから、私は陛下のために、エマーシェル様が正妃に相応《ふさわ》しい妃になれるよう、手助けしたいのです。そのためにはまず、エマーシェル様に足りない教養をお教えしたいのですわ。そしてそこに貴方の協力が欲しいのです。ついでに、エマーシェル様の身が危険にさらされないようにするため、貴方と協力体制を取れればありがたいですわ」

女官長に事情を説明すると、彼女は怪訝《けげん》な顔をした。

貴族令嬢を相手にするにはやや礼儀に欠ける反応だったが、私はそんなことなど気にならないくらい浮かれていた。

私にとって、陛下の正妃という立場は特別なものである。

それは陛下をもっとも近くで支え、安らぎを与えることができる立場だ。

愛する陛下を幸せにできる、正妃という存在。

かつては、自分自身がそうなりたいと望んだこともあった。

けれど、そんな望みは身勝手なものでしかないと気づき、いまは陛下が愛する方を正妃にしたいと思っている。

そして、やっと陛下が思いを寄せる妃がわかったのだ。

いよいよ本格的に手助けができると思うと本当に嬉しい。

リアンカ様がいなくなったので、警備に関してはそこまで力を入れなくても大丈夫かもしれない。それでも男爵令嬢であるエマーシェル様が正妃になれば、嫌がらせされそうだ。

用心して備えておくに越したことはない。

「……何が目的ですか」

女官長が戸惑ったような顔で言う。

「目的は、いま申し上げた通りですわよ？」

「……それでは納得できないからお聞きしているのです。レナ様自身が正妃になるならともかく、よりにもよって男爵令嬢の手助けをなさる理由がわかりません」

真意を探るように、女官長は私の目を見つめた。

「私はこの十年間、陛下の役に立つことだけを考えていましたわ。十年前、お父様に連れられて出席したパーティーで、あの方とお会いしたのです。その時、私はあの方に心を奪われました。率直《そっちょく》に申し上げますと、恋に落ちたのですわ」

私は初めて出席したパーティーで、自分より少し年上の貴族令嬢から嫌味を言われて、中庭で泣いていた。

まだ幼《おさな》くて、そういう意地悪への対応の仕方も知らなかった。

ただただ辛くて泣いていると、あの方が現れてハンカチを差し出してくださったのだ。泣くなと言って慰《なぐさ》め、そして私に笑いかけてくださった。

私が恋に落ちたのは、たったそれだけのことがきっかけだ。

ほんの数分間の出来事だったけれど、私があの方に惚《ほ》れるには十分だった。

「私が必死に教養を身につけたのも、見た目を磨《みが》いたのも、全部陛下のためです。私はあの方の力になるために……あの方を幸せにするためにここまで来たのですわ」

そう。私はそんな思いを抱えて、ずっと頑張り続けてきた。

「私はいま幸せですわ。陛下の妃の一人として、あの方のお声が聞けて、触れてもらえた。それだけで天にも昇《のぼ》る気持ちですわ」

「そんなにも陛下のことを思っていらっしゃるなら、どうして自《みずか》ら正妃になろうとなさらないのですか？」

女官長はまだ納得がいかないという顔をしている。

「もとより私は、自分が陛下に愛されるだなんて思っていませんもの。実際、陛下の心を射止めたのはエマーシェル様ですし。私はただ、陛下に幸せになってもらいたい。あの方が安らげるように、あの方の愛する人を隣に立たせて差し上げたいのですわ。そうして陛下の役に立てるだけで、私は嬉しくてたまらないのです」

たとえ陛下が私を見てくださらなくても、あの方の役に立てるなら、それは喜ばしいことだ。

そう思いながら、私は女官長に向かってにっこりと微笑んだ。

「私はただ陛下の役に立ちたいだけなのですわ。エマーシェル様は心優しい方ですし、陛下はそんな彼女を大切にしておられます。私にできることは、エマーシェル様が正妃に相応《ふさわ》しいと周囲から認められるようにすること。そして、その命を守ることだと思いましたの。もちろん私にエマーシェル様を害する意思はありませんわ。疑わしければ、存分に調べてくださいませ」

「……陛下から愛されるエマーシェル様を、憎く思わないのですか」

「思いませんわ。私は陛下の全てを愛しているのです。だからあの方の愛する女性を憎むなんてありえませんわ。それに、もしエマーシェル様を傷つけたりしたら、陛下に嫌われてしまうではありませんか。私はあの方に嫌われたら生きていけませんもの」

私の本心を聞いて、女官長がぽかんとしている。

少し熱く語りすぎただろうか。でも、こういう時は正直に話すのが一番だと思う。

そんな風に思っていたら、急に誰かの声が聞こえた。

「あー……もう、十分だ」

そう言って、本棚の陰から陛下が出てくる。その後ろにはディアナ様もいた。

私は驚きのあまり固まってしまう。

「へ、へへへ陛下!? ま、まままさか聞かれて……!?」

陛下の前だというのに、動揺して変な声を上げてしまった。

「へ、陛下の前で私、わわ、私」

「レナ・ミリアム、お前は――」

「ひゃわあああああああああ！」

陛下に名前を呼ばれて、私の頭は大混乱に陥《おちい》った。

その結果、言葉にならない声を上げて、私は部屋の外へと走り出してしまったのだ。

＊

レナ・ミリアムの言葉が耳から離れない。

女官長も驚いた顔で固まっている。

レナ・ミリアムが部屋から飛び出していったあとも、俺の心は衝撃から立ち直れなかった。

「アース、顔が赤いわよ？」

「……ディアナ、うるさい。少し混乱しているだけだ。お前は、全部知っていたんだな？」

「ええ。私がレナ様を信頼したのは、彼女が本心を語ってくださったからよ。レナ様の一途《いちず》な思いを聞いて、私は彼女に協力することにしたの」

そう言ってディアナはにこにこと笑っている。

知っていたのならなぜ言わなかったのだと、俺はディアナに非難の視線を向けた。

　すると彼女は俺の考えを察したのか、わけを話し始める。

「アースには秘密にすると約束していたのですわ。可愛いレナ様との約束を反故《ほご》にするわけにはいきません。そんなことをすれば、レナ様の信頼を失ってしまいますわ」

　ディアナはどれだけレナ・ミリアムのことを好いているのだろうか。

　いままで見たことがないくらい、にこにこしている。

「それで、アースはどう感じました？　レナ様の本音を聞いて、いまどんな気持ちですの？」

「……混乱している」

「でしょうね。でも、あれは紛《まぎ》れもないレナ様の本心ですのよ。だから、よく考えてくださいませ」

　ディアナは笑みを絶やさずに言った。

　俺は正直、とても戸惑っている。

　それは、レナ・ミリアムの気持ちを信じられなかったからではない。

　彼女は俺のことが好きだから、俺のために行動しようとしていた。

　そう思うと、なんだかむず痒《がゆ》い気持ちになる。

　こんな風に感じるのは初めてだった。

誰かから好かれるのは……嫌なことではない。

むしろ誰かに好意を持たれるのは、嬉しいことだ。

けれど、それだけでは説明できない気持ちが込み上げてくる。

気づけば、ディアナがキラキラした目で俺を見ていた。一体どうしたんだと聞きたくなるぐらい楽しそうだ。

「ね、アース。レナ様はすっごく可愛いでしょう？　可愛いだけではなくて、アースのことがとっても大好きなのよ。アースのために一生懸命で、一途《いちず》で、いじらしい方なの。それに加えて妃としても有能で……だから私、レナ様は正妃にぴったりだと思うのよ。あんなに何もかも優れている方なんて、そうはいないもの」

「……そう、だな」

ディアナの言葉に、俺は戸惑いながらも頷く。脳裏《のうり》には先ほどの、レナ・ミリアムが熱く語る光景が浮かんでいた。

「うふふふ、私とサンカイア様、それにアマリリス様もレナ様の味方ですし、彼女を正妃にすれば、いいことずくめですわよ」

レナ・ミリアムは、ディアナだけでなく、後宮の中でも正妃候補に入るほど身分の高い妃たちをしっかり味方につけているらしい。そのあたりは流石《さすが》と言うべきなのか。

そんなことを考えるが、俺の頭はまだ混乱していて……

「アースもレナ様にときめいたでしょう？　あれだけ可愛いレナ様の思いを知ったのだから」

ときめき……というのだろうか。

確かに、先ほどから心臓がうるさいほど激しく脈打っていて、胸が苦しい。

「……まぁ、な。だが正直よくわからない。最近はなぜかレナ・ミリアムのことをもっと知りたいと思っていて、彼女が命の危険にさらされていると知ると、いてもたってもいられなくなった。女に媚《こび》を売られるのは嫌いなのに、彼女が俺を頼ってくれないことにイライラして……彼女が俺に本音を明かさないのも気に食《く》わなかった。こうしていま、ずっと気になっていたレナ・ミリアムの本心を聞かされたのに……俺は……」

俺はいまだかつてないくらい戸惑っていた。

だが、ディアナは顔をぱっと輝かせて勢いよく言った。

「アース！　それは恋ですわ!!」

そう言われて、頭が真っ白になる。

それは、王として生きていくためには捨てなければならないと思っていた感情だ。

政略結婚が当たり前の貴族社会で、国王である自分が、打算なく誰かを愛し、誰かに愛してほしいなんて言えるはずがないと思っていた。

なのに、あれだけストレートに思いを伝えられて……

ああ、そうか。俺は嬉しかったのだ。

なぜなら、俺は彼女に恋をしているから。

先ほどから感じていた気持ちの正体を知って、俺の心から戸惑いがなくなった。

「じゃあ、アース。レナ様を捕まえてきて。正妃になってほしいと、ちゃんと自分の口で言うのよ。きっとレナ様は頷いてくれるはずだわ。それから、エマーシェル様を正妃にするつもりはなかったということも、きちんと説明してね。そして幸せに笑うレナ様を、私たちに見せてちょうだい」

「ああ。ちょっと行ってくる」

レナ・ミリアムはどこにでもいる普通の令嬢かと思いきや、俺には理解できないことばかりやっていた。その理由が想像できなくて気になって……だが蓋《ふた》を開けてみれば、それらは全て俺のためだった。俺を愛していたからこそだったのだ。

嬉しくないはずがない。

心が動かされないはずがない。

あんなに一途《いちず》に俺のために行動してくれる者など、そうはいない。国王として生きていくために……いや、俺自身の人生を生きていくために、レナ・ミリアムが欲しいと思った。

それに、俺もディアナと同じように、レナ・ミリアムの可愛らしい姿をもっと見たいと思ってしまっている。

そうして俺は、逃げたレナ・ミリアムを追いかけて部屋を飛び出した。

＊

女官長の部屋から飛び出した私は、どこに向かっているかもわからず走っていた。

どうしよう。どうしよう。陛下に聞かれた。

本当の気持ちを、陛下に聞かれてしまった。

……陛下が大好きだって気持ちを。

絶対に言わないでおこうと思っていた、溢《あふ》れんばかりの気持ちを。

顔が熱い。

これからどんな顔をして陛下と向き合えばいいのだろうか。

どんな顔をして、陛下と夜を過ごせばいいのだろうか。

いままでは貴族令嬢としての仮面をかぶっていた。

でも、この気持ちを知られてなお、取り繕《つくろ》うなんて無理だ。

どうしよう。

どうしてあそこに陛下がいたのだろう。ディアナ様のしわざだろうか。

だとしたら、なぜそんなことを……

陛下はエマーシェル様を正妃にと望んでいるのだから、私の思いなんて聞かせても迷惑になるだけなのに。

気持ち悪いと思われていたらどうしよう。

十年も前にほんの少し優しくされただけで恋をして、それからずっとずっと陛下を愛していたなんて……気持ち悪くないだろうか。

だってこの思いは、私の独りよがりな……一方通行の思いでしかないのに。

勝手にエマーシェル様のことを守ろうとして、勝手に彼女を正妃として教育しようだなんて考えていて……

そんな自分が恥ずかしくなる。

とにかく、いまは一人になりたい。

「レナ様！　ようやく追いつきましたわ」

後ろからカアラの声が聞こえてくる。

「恥ずかしいのはわかりますが、止まってください」

「レナ様！　逃げないでくださーい」

「恥ずかしがって逃げるなんて可愛いですね、レナ様」

実家から連れてきた四人の侍女が、私の後ろから口々に叫んでいた。

その声を聞いて私は立ち止まった。いつの間にか、後宮の中庭まで来ていたようだ。

「ど、どうしよう。わ、私……」

「レナ様、落ち着いてください」

カアラにばっさり切り捨てられた。

腹心の侍女たちに囲まれて、ようやく私は一息つく。

「はい、レナ様。深呼吸してください」

フィーノが笑って言う。

「え、ええ」

私は頷いて、落ち着くために何度か深呼吸をする。

けれど少し冷静になると先ほどのことを思い出してしまい、またどうしようもないくらい恥ずかしくなってきた。

「レナ様、落ち着きましょう。大丈夫ですよ。レナ様は恥ずかしいかもしれないですが、見ているこちらからしてみればご褒美《ほうび》というか、とても可愛いだけでしたから」

「のわああああああ」

「ちょっと、チェリ。レナ様がますます恥ずかしがっているじゃない！」

フィーノがチェリをとがめる。

「ほら、落ち着いてください」

「……うぅう、わ、私は、じ、自分の本音を陛下にぃいい」

「レナ様、ここは部屋の中ではないのですから、もう少し声を抑えましょうね。可愛いレナ様の素《す》を皆さんに知られても、私は別に構いませんが」

「う、うん」

メルに言われて、私はなんとか気持ちを落ち着かせようとする。

そうだ、ここは外なのだ。みっともない姿を人に見られるわけにはいかない。

それ以前に、いくら恥ずかしかったからといって、陛下の前で淑女《しゅくじょ》らしかぬ行動を取ってしまうなんて。勢い余ってここまで逃げてきてしまったし……

なんという失態だろう。

「今度は落ち込んでいるようですが、どうしましたか？」

「……陛下の前で、淑女《しゅくじょ》らしかぬ行動を取ってしまったわ。貴族の令嬢として恥ずかしい真似をしてしまって……へ、陛下に幻滅《げんめつ》されていたら……どうしよう」

それを考えたら泣きたくなってきた。

こんな失態を演じてしまっては、もう後宮にいる資格はないかもしれない。

ようやくリアンカ様のことが片づいて、陛下のために頑張ろうと思っていたのに。

「大丈夫ですよ。そんなことはありえませんから」

「悲しそうな顔をしないでください。気にする必要はないですよ」

侍女たちはそう言ってくれるけど、慰《なぐさ》めにはならない。

そうしていると、遠くから声が聞こえた。

「レナ・ミリアム！」

「陛下……」

声の主《ぬし》は陛下だった。彼は私のほうに駆けてきて、目の前に立つ。

侍女たちは気を利《き》かせたのか、音もなく傍《そば》を離れた。

私は陛下を前にして、また逃げ出したくなった。でも、同じ失敗はしたくない。

「……先ほどは取り乱してしまい、申し訳ありません」

「それはいい」

「……はい」

「それより、先ほどの言葉はお前の本音だろうか？」

陛下が、私を見ている。

その目はなぜか優しくて、ドキドキしてしまう。

どうしてこんな目をするのだろうか。

陛下の問いになんと答えようか考える。でも、もう知られてしまったのだから、ごまかすのは難しいと観念した。

「……はい。陛下にはご迷惑かもしれませんが、私は貴方を愛しています」

恥ずかしいけれど、陛下を見つめて言った。

陛下がはっと息を呑む。

ああ、もう全て言おう。言ってしまおう。一度は聞かれたことなのだから。

「陛下は覚えていらっしゃらないと思いますが、昔、陛下は泣いている私を慰《なぐさ》めて、優しく笑いかけてくださいました。私は単純なことに、それだけで陛下のことが大好きになったのです。私の……初恋でした」

私の初恋。どうしようもないほど些細《ささい》なきっかけで芽生《めば》えてしまった恋は、いままでずっと私の心から離れなかった。

「陛下のお力になりたいと思いました。だから沢山《たくさん》のことを学んできたのですわ。陛下の妃に相応《ふさわ》しくなれたらいいと思って」

恥ずかしくて、早口になっている自覚はある。でも、もう止められない。

「陛下を支えたいとずっと思っていました。だから、つい暴走してしまったのです。お見苦しい姿を見せてすみませんでした」

本当に恥ずかしくて仕方がない。途中で耐えきれなくなって下を向いてしまった。

「気持ち悪いと思われるかもしれません。私の思いなんて重いだけかもしれません。でも、これは私の本心です。私は貴方の妃として後宮にいられて、貴方に触れられて、こうして見つめてもらえて……それだけで幸せでした。だから私はもう満足です。ばっさりふって……ください。そうしたら私、今後は貴族令嬢として……陛下のために頑張りますから……」

恥ずかしい。恥ずかしい。恥ずかしい。

また逃げ出してしまいたい。

陛下が気持ち悪いと思っていたらどうしよう。

私に幻滅《げんめつ》していたらどうしよう。

陛下の反応が怖い。

そう思っていたら、彼が近づいてきた。

そして、右手で私の頬に触れる。陛下の手から熱が伝わり、私は戸惑いを隠せなかった。

「……へい、か？」

「正妃になりたい、とは言わないんだな」

「そ、そんなの畏《おそ》れ多いですもの！　わ、私は、その、こ、こうして陛下が触れてくださるだけで、その、て、天にも昇《のぼ》るような気持ちで……だから、その、そんな高望みなんてしませんわ！」

激しく緊張し、胸がドキドキする。

どうして陛下が私の頬に触れているのだろう。

「じゃあ、俺がお前を正妃にしたいと言ったら？」

「え、えええ？　そ、そんなの……というか、エマーシェル様をせ、正妃になさりたいのでしょう。な、なんでそんなことを――」

「それはお前の……レナの勘違いだ。エマーシェルとはそういう関係ではない。俺にとってあいつは妹みたいなものだ」

「えええええ!?」

なななな、なんですって。

そんなっ……どういうことなの？

私は混乱の極《きわ》みにあった。

そんな私を、陛下が笑って見ている。

その顔を見るだけで、私は死んでしまいそうだ。

それに、私をレナと呼んでくださるなんて。

これは夢だろうか。

嬉しい。恥ずかしい。

ドキドキしすぎて、正気でいられない。

「百面相《ひゃくめんそう》をしているところ悪いが、俺の話を聞いてくれるか？」

「ひゃ、ひゃい」

変な声を出してしまった。

「最初はレナのことを疑っていた。行動が不審だったからな。でもそのうち、レナが後宮のために動いてくれていることがわかった。ディアナもレナのことを気に入っている様子だったし、トーウィンもお前のことをよく話していたし、気になってはいたんだ。ただ、レナが何を考えているかは全然わからなかった」

「……そ、そうなるようにしていましたもの」

「命を狙われても自力で全てを片づけて、なぜかそれが腹立たしかった。いま思えば、俺はレナに頼ってほしかったんだ。そんな時に、ディアナからレナの本心を教えてやると言われてな」

ディアナ様、なんでそんなことを……。陛下に本心を知られても、私が恥ずかしいだけだというのに。

「そうしたら、俺のことが好きだから色々行動を起こしていたとわかったわけだ」

「……き、気持ち悪くないですか。ちょっと優しくされただけで、こんな……突っ走ってしまって……」

「いや、好意を向けられることは純粋に嬉しいと思うが」

「ほ、本当ですか。よ、よかった」

安心して、ほっと息を吐く。

「なんでそんなに安心しているんだ」

「だ、だって、陛下に気持ち悪いって言われたら……悲しいですもの」

ああ、もう。本人にこんなことを言うのは恥ずかしい。

思わず顔を伏せた。私の顔はいま、絶対に赤くなっているだろう。頬に当てられた陛下の手にも、私の熱が伝わっているに違いない。

「それで、先ほどの話だが……」

そう言われて見上げると、陛下は優しく笑っていて、私はまたドキドキしてしまう。

「先ほどの話……？」

「正妃の話だ」

「そ、そういえばそんな話でしたわね……。エマーシェル様ではないのなら、誰を正妃にされるのでしょうか？　私はその方が正妃になれるように、全力を尽くしますわ」

「……レナはただ頷いてくれればいい」

「頷けばいい？　どういうことですの？」

わけがわからない。恥ずかしさのあまり、思考がまとまっていないせいだろうか。陛下に馬鹿だと思われたらどうしよう。

けれどそんな気持ちは、陛下が次に告げた言葉で吹き飛んだ。

「俺は、レナを正妃にしたい」

陛下が私の目を見つめて言った。

その言葉の意味を、私はすぐに理解できなかった。

一拍置いて理解した瞬間、私は叫んでしまう。

「ひゃい!?　ど、どういうことですか？　わ、私を、せ、せせせせ正妃に？　ななな、

なんで」

「レナを正妃にしたいと思ったからだ。レナの気持ちが嬉しかったと言っただろう？　俺はまっすぐな愛情を向けてくれるレナを、正妃にしたい。レナとこれからの人生を共に過ごしたいと思ったんだ」

「……ここここ、これは夢ですの？　夢ですわよね？　へ、へい、陛下が私を正妃に望まれるなんて」

なんて幸せな夢だろうか。

思わず自分の頬をつねるけれど、痛みが確かにあって……まさか夢じゃない？

で、でも……こんなに幸せなことが現実にあっていいのだろうか。

陛下が、私を正妃にしたいだなんて。

「夢じゃない。俺はレナを正妃にしたいと思った。レナは侯爵令嬢で優秀だし、他になんの問題もないだろう」

「ほほほ、本当に？　陛下が、私を、正妃にしたいと……？」

「ああ」

「わ、私で……いいの、ですか？」

「ああ」

本当に？　本当に私でいいの？　これは現実なの？

頭がぼーっとしてくる。

「レナ・ミリアム。俺はお前を正妃にしたい。だから、頷いてくれ」

真剣な目で見つめられて、湯気《ゆげ》が出ているのではないかと思うくらい顔が熱くなった。

「……わ、私でよければ。その……よ、喜んで」

そう頷いた私は、恥ずかしくてまた下を向いてしまう。

すると、陛下にくいっと顎《あご》をすくわれた。

陛下の顔が近づいてきて、唇が重なる。

陛下に気持ちを聞かれてしまってから、ただでさえいっぱいいっぱいだった私の頭はパンク寸前で……そこに口づけなんてされたものだから、私は幸せな気持ちのまま気を失ってしまうのであった。


そんなことがあってから、数ヶ月が経った。

今日は、私にとって特別な日。

私と陛下の結婚式が行《おこな》われるのだ。

幼《おさな》い頃に陛下を好きになって、陛下の奥さんになれたらと夢を見た。現実を知って一度は諦《あきら》めた夢だけど、それが今日、現実になる。

私は控え室で四人の侍女たちと共に、ドキドキしながら式が始まるのを待っていた。

国王の結婚式ともなれば、国を挙げての一大イベントである。正妃が決定してから結婚式を行《おこな》うまでには、それなりに時間を必要とするものだ。私も今日まで、ずっと準備でバタバタしていた。

「レナ様、お綺麗《きれい》ですわ」

「私たちのレナ様が、陛下と結婚して正妃になるなんて……私は本当に嬉しいです」

「レナ様、幸せそうで何よりです」

「おめでとうございます」

カアラ、フィーノ、メル、チェリが順に祝福してくれる。

「ありがとう、皆」

大好きな侍女たちに、私は笑みを浮かべて答えた。

「私がこの瞬間を迎えられたのは、貴方たちがいたからよ。こうして陛下と結婚式を挙げられるなんて、夢にも思ってなかったもの」

結婚式当日だというのに、これは現実だろうかと、いまだに不安になるくらいだ。

私が陛下の正妃になれる。これは夢ではなくて、現実で……

これから私は陛下の正妃として生きていくんだ。

結婚式用の白いドレスを見下ろして、やっと実感が湧いてくる。

私がいま着ているのは、世界に一つの、私のためだけに作られた美しいドレス。

これは、サンカイア様の友人であるデザイナー兼裁縫師《さいほうし》のヒィラネア様が仕立ててくれたものだ。

後宮で私のことを助けてくださっていたディアナ様、サンカイア様、アマリリス様は、私が陛下の正妃になると報告すると、自分のことのように喜んでくださった。

中でもサンカイア様は商人魂《だましい》を発揮して、結婚式に必要な衣装や演出などについていろんな提案をしてくれたのだ。

『お式で着る衣装の製作は是非、ヒィラネアに依頼してくださいませんこと？　ヒィラネアはレナ様が結婚式を挙げることを想像して、思いつく限りのドレスをスケッチブックに描いていたのです。どれも素敵だったので、実際にレナ様が着ている姿を見たいですわ』

サンカイア様がそんなことを言ったのがきっかけで、衣装はヒィラネア様に頼むことにした。

ヒィラネア様は王族の婚礼衣装を手がけてもおかしくないほど有名な方だし、むしろこちらからお願いしたいくらいだった。

そうしてヒィラネア様は、喜んで私のドレスを仕立ててくれた。陛下の衣装も、ヒィラネア様がデザインしたものだ。

国王と王妃が着るのに相応《ふさわ》しい衣装を、と張り切って作ってくれたらしい。

「ふふ、なんだかいまだに実感が薄いわ。こんなに幸せでいいのかしらって、何度も考えてしまうもの」

陛下の正妃になれるなんて、本当に夢みたいだ。

そう思うくらいに、私はいまこの瞬間を幸せだと感じていた。

「現実ですよ、レナ様」

「レナ様はこれから正妃になるのですわ」

侍女たちがそう言って笑ってくれる。

そうして話しているうちに、結婚式が始まる時間になった。

「レナ、そろそろ時間だ」

控え室に入ってきた陛下は、華やかな婚礼衣装に身を包んでいる。その姿を見ると、胸がドキドキして仕方がなかった。

私をこんなにドキドキさせることができるのは陛下だけだ。

「とても綺麗《きれい》だ」

陛下が私の目の前に立ち、そう言ってくれる。だけど、私はそれどころではなかった。

「――レナ？」

「あ、あ、あああ、ありがとうございます。へ、陛下も、とてもかっこいいですわ」

陛下の姿に目が釘付《くぎづ》けになり、頭が正常に働かなくなっている。陛下に名前を呼ばれても、返事につっかえてしまう。

「ありがとう。さあ、準備はいいか？」

「え、ええ。もちろんですわ」

陛下が私に手を差し伸べる。私は気を引き締めてその手を取った。

そうして私と陛下は、結婚式の会場へと入場した。

お祝いに駆けつけてくれた沢山《たくさん》の人々の間を通り抜け、神父様の前に進み出る。

二人並んでそこに立つと、柔らかい笑みを浮かべた神父様が、まずは私の目を見て口を開《ひら》いた。

「――汝《なんじ》はこの国の王、アースグラウンド・アストロラへの永遠の愛を、神に誓いますか」

「はい。誓います」

神父様の言葉に、私は力強く答えた。

同じように陛下も、私への愛を誓ってくださる。

誓いの言葉を述べると、その証《あかし》として口づけをした。

……陛下、これからも私は貴方のために生きていきます。

貴方が私のことを選んでくださったから。

私にとってここは決してゴールではない。正妃になれたからこそ、陛下のためにできることが沢山《たくさん》あるのだと思っている。

だから、まだまだ至らない部分も多いけれど、私は陛下の助けになれるよう生きていく。

そう心の中で気合いを入れた。

「陛下、私はこれからも陛下のために頑張りますわ。貴方の隣に立つのに相応《ふさわ》しい正妃になってみせます！」

私の宣言に、陛下は優しい笑みを浮かべて答えてくれる。

「ああ。楽しみにしている。俺も負けないように頑張るよ」

私はこれからも、陛下のために生きていく。

陛下の隣で、この方に相応《ふさわ》しい私でいられるように。

だって私は陛下の幸せを望んでいるのだから。

正妃になってからのこと

私――レナ・ミリアムはいま、幸せの真っただ中にいる。

このアストロラ国の王であるアース様と結婚してから、既に二ヶ月が経過した。

あれから私は、慌ただしい日々を過ごしている。

正妃にはやらなければならない仕事が多くあるのだ。

それは慈善《じぜん》活動だったり、王宮で行《おこな》われるパーティーの準備だったり、色々だ。

特にパーティーの準備は正妃が指揮を執《と》ることになっていて、出席者のリストアップに、パーティー会場の内装や食事、侍女たちの手配などに大忙しである。

正妃に選んでいただいたからには、その地位に相応《ふさわ》しくあらねば。

そう思って、私は後宮にいた頃よりもさらに一生懸命頑張っていた。

王宮の自室で一日の疲れを癒《い》やしながら、カアラと今日の仕事について話す。

今日は慈善《じぜん》活動の一貫で、孤児院を訪れていたのだ。

もし『魔力持ち』で有能な子供がいたら引き取って育てられないかと、孤児院に行くたびに思う。けれど、正妃になったいまは、ただの侯爵令嬢だった頃のように自分勝手に物事を決められない。そういう意味で、考えなければならないことも多くなったと感じるのだった。

孤児院への訪問は、いい息抜きになった。これも仕事ではあるのだけれど、私は子供が好きだから楽しい。

子供たちはこの国にとって大切な存在だ。まだ小さくても、いずれこの国を背負う大人になっていくのだから。

そう思うと余計に可愛く感じる。

「レナ様にも、いずれ陛下とのお子ができると思いますよ」

そう言われて、私は飲んでいた紅茶を噴き出しそうになった。

「……そ、そうね」

「……まさか頭になかったのですか？　レナ様は陛下と夜の営《いとな》みをなさっているでしょう」

「正妃になれたことが嬉しくて……。子供は必要だけど、すっかり忘れていたわ」

正妃になってもう二ヶ月が経ったというのに、私はまだ夢の中にいるような感じがしている。

……アース様との子供。

そうだ。正妃になったからには、子供を産まなければならない。

王位継承権は、まず正妃の子供に与えられる。その次に側妃《そくひ》の子供、それがいなければ王家の血を継ぐ貴族の子供、という風に順位づけられていた。

いまは正妃である私に子供がおらず、側妃《そくひ》もいないので、王位継承権の第一位は公爵家の子供になっている。ただその子供以外にも同じような地位の子供が複数いるため、もしアース様が急に亡くなられでもしたら、王位をめぐって必ず争いが起きるだろう。

私に子供ができれば、王位継承権の第一位はその子に移され、動かしようのないものになる。私が子を産むだけで、争いの種が一つ減るのだ。

そのように政治的な面から考えても、もちろん子供は必要だ。

でもそういうのを抜きにしても、アース様との子供ができたらどんなに可愛いのだろうと、楽しみで仕方がなかった。

いつか妊娠して、子供を産む。

それを考えるだけでドキドキする。

「レナ様、幸せそうな顔をしていますね」

カアラがしょうがないな、とでもいうように笑う。

「だって、想像しただけで嬉しくなるんだもの。アース様の子というだけでも、私にとって特別な存在なのに、私がその子の親になれるなんて……。いつになるかはわからないけれど、それを想像するとワクワクするわ」

私は正妃になってから、彼のことをアース様と呼ぶようにしている。

自分の素《す》の姿を陛下に知られてからは、アース様の前で自分を偽《いつわ》らなくなった。

「ふふふ、レナ様の子供ならきっと可愛いですわ。陛下も見た目は整っていますし、とても可愛らしい子供が生まれるはずです。レナ様の子を抱けると考えただけで興奮しますわ」

カアラの言葉を聞きながら、彼女も私と同じような気持ちなのだなと思った。

愛《いと》しいアース様の子を抱けることを想像して胸を高鳴らせる私と、私の子を抱くことを想像して興奮しているカアラ。

理由は違うけれど、二人とも産まれてくる子供のことを想像して楽しんでいる。カアラと私は一緒に育ってきたから、お互い似てきているのかもしれないと思った。

「ところでレナ様、新しい侍女は決まりそうですか？」

「ああ、実家から新たに侍女を呼ぶ件？　それは陛下にも話を通してあるし、そのうち決まる予定よ。でも正妃という立場を考えると、私の育てた侍女だけでは駄目だと思うから、実家以外からも選ぶつもりなの。そちらはアース様が選定してくださると言っていたわ」

正妃になったからには、いまの侍女の数では足りない。後宮にいた頃は少なくてもよかったけれど、流石《さすが》に正妃になると体裁《ていさい》が悪い。

後宮に入る時に連れてきていた四人以外にも、実家には私の育てた侍女たちがいる。

彼女たちを王宮に呼んで、気心の知れた者だけで周りを固めたほうが、正直私はやりやすい。

だけど、それでは駄目だとわかっている。

正妃としてやっていくうえで、色々な価値観を持った侍女が周りにいたほうがいい。

だからアース様が、他の侍女の選定をしてくださっている。

アース様が私のために侍女を選んでくれているというだけで嬉しかった。

ちなみに後宮に入った時から新たに仕えてくれた三人も、引き続き私の侍女をしている。

そのうちの一人であるヴィニーがイーシャに情報を流してしまっていたことは、手痛い失敗だった。

けれど、それだけで彼女たちを私の下から外す気にはならなかった。誰にでも失敗はあるし、一度失敗したくらいでクビにするのは気が引けたのだ。

とはいえ、まだカアラたちほど重要な仕事を任せてはいない。

ヴィニーたちは、私が彼女たちをちゃんと信頼していないことを知っている。それでも、私の信頼を得ようと一生懸命仕えてくれていた。

以前、彼女たちは私に『いつか、もっとレナ様に信頼してもらえるような侍女になります』と宣言した。

私も彼女たちが正妃の侍女として立派に育ってくれたら嬉しいと思い、見守っている。

「どのような侍女が来るのでしょうか」

「わからないわ。貴方たちと上手くやってくれる侍女だといいけれど」

実家から呼ぶ侍女を誰にするかは考えているが、他の侍女については陛下に任せっきりだ。

「そういえば、カアラはトーウィン様とは最近どうなの？　何か新しい動きはあったのかしら？」

アース様の側近であるトーウィン様は、カアラのことが好きらしいのだ。

カアラが情報収集のために彼に近づいたことを知ってもなお、彼の気持ちは変わっていないらしい。

どういう人間か知ったうえでカアラを好いてくれているなんて、素敵な相手だと思う。

それにカアラは以前、私が子供を産む時にはその子の遊び相手にできるよう、同い年くらいの子供を産んでおきたいと言っていた。

私が正妃になったからには、その計画に向けてトーウィン様との間に何か動きがあるかな、と思っていたのだけれど……

「いえ、全く」

きっぱりと言われて、少しがっかりしてしまう。

「そう……」

「種馬《たねうま》候補にはしています。ただここは王宮ですから、よさそうな候補は他にもいますわ」

「女の子が……そういうことを言うのはやめたほうがいいと思うわ」

種馬《たねうま》などという言葉がカアラの口から出てきて、私は思わず引いてしまった。

本当にカアラは……と頭をかかえたくなる。

私のことを最優先に考えてくれるのは嬉しいけれど、こういうところは困りものだ。

カアラはしっかり者だし、基本的に何も心配はしていないのだけど……

私のために子供を作るなんて、本当にそれでいいのかしら。

彼女が納得してそういう道を選ぼうとしているのはわかるけれど、なんとも言いがたい気持ちになってしまう。

あまつさえ種馬《たねうま》などという言葉が侍女の口から出てくると、ちょっと衝撃を受ける。

「候補に入っているってことは、トーウィン様のことを嫌ってはいないのよね？」

「ええ、特に嫌悪感はありません。陛下の側近ですから、立場的にも問題ないです。容姿に関しても不満はありませんわ。別に好意もないですが」

「……そう」

カアラがこういう子だとわかったうえで、トーウィン様がカアラを伴侶に選ぶというなら、それはそれで一つの男女の形なのかもしれない。

私はカアラの話を聞きながら、そんなことを考えた。


その夜、アース様にカアラとトーウィン様の話をした。

アース様は私が侍女たちを大切に思っていることを知っているから、こうして彼女たちの話をすると真剣に聞いてくれる。

後宮の妃の一人として自分の本心を隠し、ただアース様の幸せを願って過ごしていた時は、こんな日が来るなんて想像できなかった。

自分のせいではあるけれども、アース様は私のことを疑っていたし、夜の営《いとな》みにも義務以上の意味はなかったのだから。

それでもアース様が私を抱いてくださるだけで、どうしようもなく嬉しくて、そのたびにアース様を幸せにするために頑張ろうと気合いを入れていた。

いまはアース様と夫婦になれて、会話も交わせて、正妃としてアース様を支えることができて……本当に幸福で仕方がない。

「――というわけで、カアラのことが心配なのですわ」

二人っきりの寝室で、アース様に相談する。

こうして穏やかに、日々起きたことを話すのもなんだか嬉しい。

「そうか。トーウィンからも聞いてはいたが、本当にそういう性格なのだな」

「ええ。カアラはそういう子なのです。だからあの二人がどうなっていくか、とても気になりますわ。カアラは私の子と同い年くらいの子供が欲しいと言っていましたけれど……」

「そうなのか。そこまでは知らなかった」

アース様とカアラは、私が正妃になってから少なからずかかわりを持っており、時々言葉を交わすこともあるのだ。

とはいえ、流石《さすが》にカアラの性格までアース様が知っているわけではない。

トーウィン様から話は聞いているだろうし、カアラと接していて基本的な性格は知っているかもしれないけれど、子供を産むことについてまで私を中心に考えているとは想像できなかっただろう。

貴族ならば好きでもない相手と結婚することは仕方がないけれど、カアラは侍女だ。自由に結婚相手を選べる立場なのだから、恋愛してほしいと思ってしまう。

でもまぁ、それも本人の自由なのだから、私がどうこう言うべきことではないが……。

「となると、トーウィンは体の関係だけなら持てる可能性があるわけか」

「そうですわね。でも、そのまま夫婦関係にさせてしまうこともできるのではないかと思いますわ」

カアラを惚《ほ》れさせることは難しいかもしれないけれど、理屈で納得させることはできると思う。トーウィン様が自分と結婚するメリットをきちんと説明できれば、カアラは夫婦になることも受け入れるだろう。

「レナは二人に結ばれてほしいのか？」

「ええ。トーウィン様はカアラの性格を受け入れて、彼女を好きだと言ってくださっていますもの。そういう方となら、きっと幸せになれると思いますわ。私は自分の侍女に幸せになってほしいです」

アース様は口数が多いわけではないから、二人でいるときは私が一方的に話していることがほとんどだ。

彼は私の話をちゃんと聞いてくれているけれど、退屈していないだろうかという不安は湧いてくる。

「どうかしたか？」

急に黙り込んだ私に、アース様が問いかけた。私は慌ててそれに返事をする。

「いえ、私の話がつまらなくてアース様を退屈させてはいないかと、少し不安に思っただけですわ」

「そんなことか。退屈などしていない。レナの話は面白いからな」

「面白いと思ってくださっているのですか？　嬉しいですわ」

アース様にかかわることになると、ちょっとしたことでも気になってしまう。

気にしなくていいような些細《ささい》なことでも、アース様を愛《いと》しく思っているからこそ不安になるのだ。

けれどアース様が笑いかけてくれて、その不安が吹き飛んでいく。

「……アース様、私を正妃に選んでくださってありがとうございます」

「急にどうしたんだ？」

「改めて幸せだな、と思ったからですわ。私、アース様の正妃になれてとても幸せなのです。アース様、愛していますわ」

私がそう告げると、彼は微笑んでくれた。

それはとても嬉しそうな、身内にしか見せない柔らかい表情だ。

「本当に、レナは可愛いな」

「なっ……、そ、そんなこと言わないでください」

急に恥ずかしくなる。

アース様が、私をか、可愛いと言ってくださるなんて。

幸せで、恥ずかしくて、嬉しくて……そんな沢山《たくさん》の思いが、私の胸の中に渦巻《うずま》いていた。

「アース様……」

私が名を呼ぶと、彼は私のことを見つめてくれる。

他の誰でもない、私のことを。

それだけで嬉しい。見つめてもらえるだけで、触れてもらえるだけで嬉しくて、胸が温かくなっていく。

こんな気持ちを与えてくれる人は、アース様以外にいない。アース様だからこそ、こうして私に幸せを与えてくださるのだ。

彼が私に口づけた。

それはどんどん深くなり、気がついたらアース様が私の体に触れていた。首筋をくすぐるように撫《な》でられ、その手は徐々に下へと下りていく。

触れられると、いつだってドキドキする。

後宮で抱かれていた時からそうだったけれど、アース様と心を通わせてからは、もっとドキドキするようになった。

それはきっとアース様のせいだ。

「レナ、こっちを向いて」

アース様が優しく囁《ささや》く。言われた通りに目を向けると、漆黒《しっこく》の瞳が私を見つめていた。

その目は優しく細められており、後宮にいた頃にはなかった確かな愛情がにじんでいる。

後宮での夜伽《よとぎ》の時は、こうして声をかけられることも、優しさを感じることもなかった。

それでもドキドキしていたというのに、アース様にこんなに愛されてしまっては、これが現実だと思えないのも無理はないだろう。

「アース様、愛しています」

身に余る幸福を感じながら、私はアース様に身をゆだねた。

翌日、私は朝から幸せを噛み締めていた。

昨晩アース様と言葉を交わして、可愛いと言ってもらえて、愛されていることを実感した。

そして朝が来て、彼は公務に向かい、私も正妃としての仕事に取り掛かっている。

私たちはまだ夫婦になったばかりだけれど、それなりに上手くやれているだろう。

とはいえアース様はまだ国王としての地盤《じばん》を固めている段階だし、私も正妃になったばかりで色々なことを学んでいる最中だ。

そんな私たちだから、忙しくてお互いに余裕がない。

「レナ様……あまり無理しないでくださいね？　陛下に抱かれたあとは、いつも必要以上に仕事をなさっているように思いますわ」

朝早くから仕事をしている私を見て、フィーノがそんなことを言い始めた。

侍女たちには、夜伽《よとぎ》のあとくらいゆっくりすればいいといつも言われている。けれど私は……夜伽《よとぎ》のあとだからこそ、どうしようもないほどやる気が出るのだ。

「だってアース様の正妃になれたんですもの。アース様の力になりたいと思うと、気持ちが逸《はや》るのよ。私が頑張れば頑張るほどアース様のためになって、そしてこの国のためにもなる。それを考えるだけで、私は頑張りたいと思えるの。折角《せっかく》正妃になれたのだから、妥協《だきょう》なんてしたくないわ。時間がある限り、一心不乱に仕事をしていきたいの」

「……体調管理はちゃんとしてくださいね？」

「無理していると思ったら、休ませますからね？」

フィーノとチェリが心配そうに言ってくる。

もちろん、体を壊すまで働こうとは思っていない。

体を壊したら仕事が滞《とどこお》って、アース様にも迷惑をかけてしまう。

そんな無駄な努力をする気はなかった。

とはいえ、自分にそのつもりはなくとも、無理してしまっている時はあるかもしれない。だから、侍女たちが止めてくれるのはありがたかった。

私の身を真剣に案じてくれる人がいることは、私にとってかけがえのない財産なのだと思う。

「ありがとう。お願いね」

「はい。もちろんです」

侍女たちが頷く。そしてチェリが口を開《ひら》いた。

「ところでレナ様。お手紙が四つも届いておりますわ。ディアナ様、サンカイア様、アマリリス様、エマーシェル様からです」

「まぁ、皆様から？」

チェリの言葉に、自分の声が弾《はず》むのがわかった。

私が正妃に選ばれたので、後宮は解散となった。

妃たちは全員実家に帰り、それぞれの道を歩み出している。

私は手紙を受け取ると、まずディアナ様からのものを開《ひら》いた。

そこにはディアナ様の近況と、私を労《いたわ》り、心配する言葉が書かれていた。私の身を心から案じてくれていることが伝わってきて嬉しい。

そしてディアナ様は、恋人であるキラ・フィード様との結婚式の準備に取り掛かっているらしい。

彼女はアース様の幼馴染《おさななじみ》で、公爵令嬢という身分だったため、正妃の最有力候補と目《もく》されていた。けれど後宮に入ってから一度もアース様のお渡りがなく、それが不名誉な憶測《おくそく》を呼んだこともある。

そんなディアナ様が後宮を出てすぐキラ様との婚約を発表したので、社交界ではちょっとした騒ぎになったらしい。

もっとも、ディアナ様とキラ様は昔から仲が良かったらしく、彼女たちと親しい人々は平然とした顔をしていたそうだ。

手紙からはキラ様への思いが読み取れる。

幸せそうな雰囲気が伝わってきて、なんだか嬉しくなった。

「ディアナ様の結婚式が楽しみだわ」

思わずそうつぶやいてしまう。

ディアナ様とキラ様はアース様の幼馴染《おさななじみ》だし、私も結婚式に出席することになるだろう。

次はサンカイア様の手紙に目を通す。

サンカイア様は時々王宮にいる私のもとを訪れていた。

といっても遊びに来るわけではなく、商売をしにくるのだ。

彼女はいま、商会を経営するお父上の手伝いをしている。

私の結婚式の時も随分お世話になった。特に衣装は幼馴染《おさななじみ》のヒイラネア様と共に、とても素敵なものを用意してくださったのだ。

けれどサンカイア様も最近は忙しいようで、王宮にやってくる機会もめっきり減ってしまった。

彼女も年頃なのだが、結婚などの浮いた話はないらしい。

もっとも、私が教えてもらえていないだけで、秘密裏《ひみつり》に話が進んでいるのかもしれないけれど。

でも、それはないだろうと思う。

後宮にいた頃から感じていたことだけれど、サンカイア様はおそらく色恋沙汰にあまり興味がない。

彼女の関心はほとんど商売に向けられている気がする。ただ、今後も商会の経営にかかわり続けるつもりだろうから、そのためにしかるべき相手と結婚はするはずだ。

サンカイア様の将来を考えてみると、楽しみになる。

手紙には正妃になった私の近況をうかがう言葉も書かれており、ディアナ様と同じように、サンカイア様も私のことを心配してくれているのが伝わってきた。

「サンカイア様も、元気そうだわ」

次にアマリリス様からの手紙を読み始めた。

こちらも年頃だが、結婚する気配はない。

アマリリス様は可愛らしい方だけれども、結婚しなくても生きていけるよう、着々と準備を整えている様子だった。

その証拠に、後宮を出てからのアマリリス様は、恋愛小説家ティーンとしてますます活発に活動するようになっている。

最近出た小説は後宮を舞台にした物語だった。後宮での経験を生かして書いたらしい。

アマリリス様の小説は本当に面白くて、私も新しい作品が出るのが楽しみだ。忙しくても心のゆとりは必要だと思っているから、時間を見つけて読書をしている。

でもアマリリス様は凄いスピードで次々と小説を発表しているから、私は追いつくのに必死だ。

この前、本を読んだ感想を送ったので、手紙にはその返事も書かれている。次回作の構想にも言及していて、創作活動が充実している様子が読み取れた。

アマリリス様が楽しそうでほっとする。

「ふふ。アマリリス様の新作、楽しみだわ」

思わずそんなことをつぶやいてしまった。

最後にエマーシェル様からの手紙を見る。彼女から手紙が来るのは初めてだ。

そこには、故郷での暮らしぶりが書かれていた。

アース様から聞いた話だが、エマーシェル様は故郷に好きな人がいたのだという。いまはその人と結ばれたいと、一生懸命頑張っているようだ。

後宮に入った経験から、様々なことを学べたとも書かれていた。いままで気にもしていなかった領地の運営についてや、貴族令嬢としての心構えなど、あらゆることを学ぶきっかけになったらしい。

後宮に入る前より、政治にも詳しくなれたと喜んでいるのがわかった。

それから、責任の重い立場に立っている私とアース様を心配する言葉が続き、最後に頑張ってくださいと添えられていた。

「エマーシェル様も、元気そうね」

後宮でできた関係が、後宮が解散したあとも続いていくのは嬉しいことだ。

人と人とのつながりはやはり大事なもので、こういう縁は大切にしていかなければならない。

「次に皆様に会える日が楽しみだわ」

心の底から、そう思う。

手紙で近況を報告し合ってはいるけれど、やっぱり本人の口から聞きたいものだ。

そんな風に思う私を見ながら、チェリたちは「レナ様が楽しそうで嬉しい」とにこにこ笑っていた。

＊

「陛下、レナ様との新婚生活はどうですか？」

俺にそう問いかけてきたのは、側近のトーウィンである。

仕事の最中だというのに、彼は手を止めて笑顔でこちらを見ていた。

「どうと言われても……順調だな」

「レナ様は陛下のことが本当に好きですからね。陛下の正妃になったのだからと、随分張り切っているようですし」

トーウィンがそんなことを言う。

確かに、それは俺も感じていることだった。

式を挙げてからのレナは、体調を崩さないか心配になるくらい完璧な正妃であろうとしている。

俺の前であの貴族令嬢らしい仮面をかぶることはなくなったが、それ以外の場面では相変わらず澄ました顔をしていた。

外面《そとづら》と内面の両方を知っていると、一生懸命頑張っていることが余計にわかる。

それが俺のためだというのだから、嬉しくないはずはない。俺を好きだと全身で表現してくるので少しむず痒《がゆ》いが、その気持ちをありがたいと思っていた。

とはいえいまのままでは、頑張りすぎて体を壊さないか心配だ。

「そうだな……。無理をしないように言っておこう」

「はい。レナ様に何かあればカアラさんたちも怒るでしょうし」

「……あの侍女たちは本当にレナを大切に思っているからな。でも正妃になったレナの周りに、ああいう信頼できる侍女たちがいるのはいいことだ」

正妃という立場には、国王である俺とは違う苦労がある。

レナが正妃に決まったいまでも、彼女を排除すればその立場になり代われると考えている者はいる。そういう輩《やから》から、命を狙われる恐れもあった。

いまのところ何か危険なことが起こる前にどうにか対処できている……というより、レナと契約を結んだ『暁月』が勝手に対応していた。

たいていは事後報告で、ありがたくはあるが、事前に報告してほしいと思っている。

カアラたち四人の侍女もかなりの腕利《うでき》きだし、レナの護衛としては申し分ない。イーシャは別としても、絶対にレナを裏切らない侍女たちの存在はとても心強かった。

「はい。カアラさんはいつもレナ様の話ばかりします。むしろ、それ以外の話はしないですから……」

トーウィンがなんとも言えない表情で言った。

「お前と二人の時もそうなのか」

「はい。カアラさんは俺の気持ちを知っているみたいなのですが、ずっとその調子です。マイペースというか、ぶれないというか……」

トーウィンの気持ちを知っていながら、そんな態度を貫《つらぬ》けるとは……なんとも図太《ずぶと》い性格をしている。

「レナの実家から新たな侍女を呼ぶことになっているが、そういう話を聞く限り、実家の侍女たちもレナに心酔《しんすい》しているのだろうな」

レナは幼《おさな》い頃に孤児院を回って彼女たちを引き取り、侍女として育てたらしい。

以前、詳しく聞いてみたら、喜んで話してくれた。

レナの兄も同じように執事を育てたというし、ミリアム侯爵家に仕えている人間たちは俺が想像しているよりも忠誠心が厚いのだろう。

「ミリアム侯爵家の使用人たちは、基本的にそういうものらしいですよ。主《あるじ》に絶対的な忠誠を誓っているみたいですね。あと、あの家には家族間でのみ通じる暗号などもあるそうです。なんでも、レナ様とあの四人の侍女が幼《おさな》い頃に開発したのだとか。なかなか完成度の高い暗号でしたよ。私たち王宮の文官でさえ、誰も解読できませんでした。今度、王宮で使える暗号を新たに考えてもらってはいかがでしょうか。王家に伝わる暗号もありますが、もう一つあったほうが機密事項の伝達がしやすいでしょう」

トーウィンの言葉を聞いて、俺は静かに考える。

確かに、新たに暗号を作ることができたら助かるだろう。暗号とは、そう簡単に作れるものではないからだ。

そう考えると、幼《おさな》い頃にそれを作るなんて規格外の能力だ。

でもレナがそうなった原因は、全て俺にあるらしい。

「暗号も必要だと思うが、俺はそれよりも王宮で使用人の教育ができないかと思っている。レナやレナの兄がやっていた使用人の育成方法を、俺たちも取り入れたい。主《あるじ》の護衛まではできなくとも、使用人たちが自分の身を守れるようになるだけでいい。もちろん、レナだけに負担をかけられないから、女官長や宰相《さいしょう》主導で行《おこな》うことになるだろうが……」

学べる場さえあれば、使用人でも護身術を習得できる。それは結果的に、俺たちの利益にもつながるはずだ。

また、それを王宮勤めの役人たちにも学ばせたかった。彼らも自分の身を守れたほうがいいのではないかと、俺は思い始めていた。

特にトーウィンのように俺が重用《ちょうよう》している文官には、身の危険もあるだろう。

「それはいい考えだと思います。あとは、レナ様の侍女の数をもっと増やしたほうがいいですね」

「そうだな。それについては、いま考えているところだ」

確かにレナが実家から連れてきた侍女は有能だし、信頼もできる。ミリアム侯爵家から他にも侍女を引き抜けるなら、それに越したことはない。

けれど、そうではない侍女もいたほうが、レナにいい影響を与えられるのではないかと思っている。レナと同じ環境で育った侍女だけでなく、様々な視点を持つ侍女がいたほうがいいだろう。

偏《かたよ》った考え方の侍女だけを連れていても、レナのためにはならない。

レナの負担を軽くするためにも、俺は自分にできることをやらなければならないと思うのだった。

＊

「ねー、レナ様」

私が正妃の仕事部屋で雑務《ざつむ》を片づけていたら、突然イーシャが現れた。

カアラたち四人は、微動《びどう》だにしない。

彼がこうやって現れることに、もう慣れているのだろう。

私もすっかり慣れてしまったが、かといって不満がないわけではない。

「……イーシャ、急に現れないでほしいのだけど」

私は思わず文句を言った。

イーシャは、いつも突然私の前に姿を現す。

確かに、アース様やトーウィン様たち以外に存在を知られてはならないと命じてあるから、堂々とは入ってこられないはずなのだが、どういう経路で、どこから王宮に入ってきているかも不明である。

「いいじゃん、別に。俺とレナ様の仲でしょう?」

軽い調子でイーシャが言うと、その場にいたメルが突っ込みを入れる。

「いや、貴方とレナ様の仲って、ただの雇用関係でしょう」

侍女たちは相変わらずイーシャのことを警戒していた。

最近は少し慣れてきたのか態度は軟化《なんか》しているが、イーシャはこちらを裏切る可能性もあるので、警戒するのは当然である。

いまは私の味方をしてくれているが、いつ彼の気が変わるかと思うとひやひやするのだ。

この『暁月』が、いつか敵に回った時のことを考えなければならない。イーシャを見ていると、最悪の事態を想定しておかなければと思う。

正妃になって浮かれてしまっている私には、いい刺激を与えてくれる相手でもあった。

「レナ様、正妃になって大変そうだねー」

「ええ、大変だわ。でもこの忙しさもあの方のためだと思うと嬉しいの」

「ぶれないね、レナ様は。そういうところ、俺は好きだよ」

「そう……。まだ出会って間もないけど、イーシャも変わらないわね」

「うん、俺は俺だから。レナ様と一緒。レナ様は『何があっても私は私だ』って言ってたでしょ。きっと俺も、何があっても俺のままだよ」

そう言ってイーシャは面白そうに笑う。

やっていることや目的は違うけれど、確かにそういう点で私とイーシャは似ているのかもしれない。

「それで、今日はなんの用なの？」

「あー、そうそう。ディアナ様のところにちょっと顔を出してきたんだけど」

「公爵家に忍び込んだの？」

イーシャがまっとうな手続きを踏んで面会を申し込むわけがない。顔を出してきた、というのは忍び込んだということに違いなかった。

「そうそう。ゴートエア公爵家に忍び込むのも面白いかなって。ついでに、ディアナ様が持っていた情報も回収してきたから、渡しに来たんだ」

さらっととんでもないことを言うイーシャ。彼と仮契約を結んでから、余計にその有能さがわかるようになった。

イーシャは私が指示を出さなくても動いてくれる。私に害をなす存在を排除したり、情報収集をしてくれたり。

でも、多分報告していない余計なこともやっているだろうし、集めた情報を全て提供してくれているとも限らない。

だからこそ、それを知るために侍女たちも動いていた。

イーシャはきっと、私が彼に頼り切って情報の裏を取ることをやめたら、私を見限るだろう。そして今度は敵に回るかもしれない。

「というわけで、これ」

イーシャは私に紙の束《たば》を渡して、そのまま窓の外に消えていった。

気配ごと消えるので、まだ近くにいるのかどうかもわからない。

イーシャは驚くほどに有能だ。

私と同い年で、あれだけの技術を極められるなんて、どんな人生を歩んできたのだろうかと少し気になった。

いつかそういうことを聞けるだろうか。

長い付き合いになれたなら、それを聞ける日が来るかもしれない。イーシャがこれからもずっと、私のもとを離れずにいてくれるなら。

「よし、頑張りますわ」

私にできることは、正妃として一生懸命働くこと。それだけだ。

それがアース様のためになる。

だから、一つ一つ積み重ねていこう。

アース様の負担を少しでも減らすことができるように。アース様の支えになれるように。

私は改めてそう決意した。

そんな決意から、数週間が経った。

私もアース様も、さらに忙しくなってきている。

というのも、もうすぐ王都で祭りが行《おこな》われるのだ。それと同時にパーティーが開《ひら》かれることにもなっていて、それらの準備でてんやわんやしている。

そんな中、とある噂が私の耳に入ってきた。

それはアース様がある女性と親密な関係にあるという噂だ。

その噂を聞いて私以上に困惑していたのは、実家からついてきた四人の侍女たちだった。

「……レナ様が正妃になったばかりだというのに」

「しかし、噂でしょう？　まだ真偽《しんぎ》はわからないのでは？」

「だからといって、私たちのレナ様が蔑《ないがし》ろにされるのは……」

「最近のレナ様は幸せそうにしているのに……」

彼女たちは口々に自分の意見を述べる。

アース様のそういう噂を初めて聞いて私も驚いたけれど、それよりも侍女たちのことをなんとかなだめなければ。

「落ち着いて。噂の真偽《しんぎ》も不確かなのだから。私のことを心配してくれているのはわかるけれども、常に冷静さを欠かないようにしてね」

私の侍女たちは基本的に有能なのだけれど、私のことになるとやや暴走気味なのだ。

もっと冷静でいてほしいと思う。

こういう場面を見ると、やっぱり私の傍《そば》には自分で育てた侍女以外も必要だと思った。

その証拠に、元から王宮にいたヴィニーたち三人は冷静だった。

「カアラさんたち、落ち着いてください」

「まずは確認を取ってみたらどうですか？」

「もし噂が本当だったとしても、陛下がどういうつもりなのかはわからないのですから……」

三人とも、至極《しごく》まっとうな意見を言う。

そのあと、私は考え事をしたいと言って、チェリとカアラ以外の侍女たちには席を外してもらった。

アース様が女性と親しくしている。

ただの噂なのか、それとも真実なのか。

私たちの不仲を誘うために、あえて流された偽の情報の可能性もある。

私がいなくなれば、新しい正妃になれると考えている者もいるだろう。

正妃になって間もないうえに、まだ子供もいない私は立場が弱い。

仕事を通して自分の地盤《じばん》を固めようとはしているけれども、そのために一番有効なのは、やはり子供を産むことだろう。

そんなことを頭の片隅《かたすみ》に置きつつ、アース様が別の女性と親しくしているのが本当だと仮定して考えてみる。

まずは、アース様がどういう目的でその女性と会っているのか推測することが必要だ。

「チェリ、カアラ、もしアース様が本当に噂どおり女性と会っているとしたら、どういう理由が考えられると思う？」

「女性と親しくしているとはいっても、陛下もお忙しいでしょうから、仕事の関係ではないかと思いますが」

「というか、レナ様が正妃の仕事を一生懸命こなしている間に、陛下が他の女性に手を出しているなら、私は怒ります」

二人の意見を聞きながら、じっくりと思考する。

一番可能性が高いのは、やはり仕事関係の女性だろう。

でも、国王としての仕事の中で女性と頻繁《ひんぱん》にかかわることは考えにくい。

そんな女性がいるとしたら、後宮の女官長ぐらいだろうか。けれど後宮が解散したいま、そんなに顔を合わせるような必要はないと思う。

となると、もう一つの可能性は側妃《そくひ》候補だろう。

現在、私とアース様の間には子供がいないため、世継《よつ》ぎを求める声も決して少なくはなかった。

でも、子供は欲しいと思ってできるものではない。

神様からの授《さず》かりものだ。

もし早く世継《よつ》ぎをもうけようと思うなら、側妃《そくひ》を増やすのが一番手っ取り早い。

アース様のことだから、むやみやたらと側妃《そくひ》を娶《めと》ることはないだろう。けれど、そんな彼だからこそ、もし側妃《そくひ》候補にしている女性がいるとすれば、それなりに気に入っているに違いない。

噂の内容を詳しく聞いてみると、目撃情報は複数あるらしい。だが、アース様が誰と会っているのかはわからないらしかった。

それが特定できたとしても、アース様が望んでその人と一緒にいようとしているのならば、私は口出しできない。

だって、私はアース様が望むことならなんだって叶えたいと思っているのだから。その思いは、正妃になってからも変わっていない。

……だけど、嫌だと思ってしまうのはどうしてだろう。

正妃になったからだろうか。

昔の夢が……叶わないと諦《あきら》めた夢が、叶ってしまったからだろうか。

「……ねぇ、チェリ、カアラ。私ね……」

私が呼びかけると、二人は私のほうを見た。

「後宮入りした時、アース様が幸せであればそれでいいと思っていたの。それは本心だったわ。アース様が幸せであれば、私は正妃に選ばれなくてもよかった。でも……私ね、我儘《わがまま》になったのかもしれない。夢が叶ってしまったから、正妃になれてしまったから……私、アース様が他の女性と仲良くしていることが嫌だと……そんな気持ちになってしまっているの」

アース様を好きになったばかりの頃、私は正妃になりたいと思っていた。アース様の隣に立ちたいと望んでいた。だから一心に努力したのだ。

そしてその頃の私は、アース様と親しいといわれる女性に勝手に嫉妬《しっと》を覚えていた。

でも様々なことを学ぶにつれて、一方的に気持ちを押し付けてはいけないと思うようになり……そうして私の気持ちは、アース様が幸せであればいいという風に固まった。

でも結果的にアース様が私を正妃に選んでくださったから、私は……幼《おさな》い頃の考えに戻ってしまったのだと思う。

あまりにも幸福だから、多分……欲が出てしまっている。

もしアース様が側妃《そくひ》を娶《めと》りたいというのならば私は受け入れるべきだし、彼が誰と仲良くしようが笑顔で許したいと思っていた。

こんな欲深い自分が嫌いだ。

もっと完璧な正妃になりたい。

けれど、カアラとチェリは笑って言った。

「ふふ、それでいいのですわ。レナ様」

「好きな人と親しくしている女性に嫉妬《しっと》するのは、当然のことだと思います」

けれど私は、自分のこういう気持ちをアース様には知られたくないと思ってしまう。

だって私は、ずっとアース様が幸せならそれでいいと言い続けてきた。それなのに、こんな気持ちを抱いてしまうなんて。

アース様は私が嫉妬《しっと》しているなどとは考えていないはずだ。

彼がこのことを知ったら、どう思うのだろうか。

私はもんもんとした気持ちになる。

「レナ様、どうかなさいましたか？」

「その可愛いお気持ちを陛下に伝えればいいと思いますよ」

チェリとカアラがそんなことを言っている。

だけど私の頭はパンクしそうで、それどころではなかった。

アース様に女性との噂が流れているということよりも、自分の気持ちに混乱していた。

「……ちょっと考え事をしていただけだから。あと、こんな気持ちをアース様には伝えられないわ」

完璧な正妃とは程遠い感情を抱いているなんて、アース様には知られたくない。

「……まずは情報収集をしましょう。噂の真偽《しんぎ》の確認をしてから、どう行動するか考えるわ」

私は結局、そういう選択をしてしまった。


その翌日も、私はくよくよと悩んでいた。

夜になって陛下が隣にいる時でさえ、上《うわ》の空だった。

私は、突然湧いてきた嫉妬《しっと》の気持ちに戸惑っている。

どうして自分はこんな感情を抱いてしまうのか。

それは当然のことだと、カアラたちは言った。

その通りなのだろうと頭ではわかっている。だけどアース様を愛しているからこそ、いた。


嫉妬《しっと》なんてしたくないと私は思っていた。

だって、こんな気持ちはアース様の迷惑になってしまう。

……私はただアース様を支えられれば、それでよかったはずなのに。

アース様の正妃になれた時、彼が望むのなら側妃《そくひ》だって受け入れるべきだと思っていた。

なのに、自分だけがアース様の妻でいたいと願ってしまうなんて。

正妃になれただけでも幸せなことなのに、どうして私はこんなに欲深いのだろうか。

そんな自分が恥ずかしくなる。

私は完璧でありたい。好きな人の、アース様の全てを受け入れられるような、器《うつわ》の大きな妻になりたい。

私の思い描く理想の正妃は、このくらいのことで嫉妬《しっと》なんかしない。

この気持ちをアース様に知られたら、どんな風に思われてしまうのだろうか。それを考えるだけで怖くなる。

でも、湧いてくる気持ちに嘘はつけない。

ずっとそんなことばかりを考えてしまっている。どうしてだろうか。いつもより冷静になれない。感情ばかりが先に立っている。

「……ふぅ」

私が無意識にため息をつくと、隣で本を読んでいたアース様が顔を上げた。

「レナ、どうかしたか？」

悩んでいるのが、態度にも出ていたらしい。

アース様に心配をかけたのだと思うと、今度はなんだか悲しい気持ちになってくる。

私はこれ以上心配をかけないようにと、精一杯笑みを浮かべた。

「なんでもありませんわ」

アース様は少し不思議そうな顔をしたが、それ以上は何も聞いてこなかった。

＊

ゴートエア公爵家の本邸で私はソファに腰掛け、アースからの手紙を読んでいた。

「レナ様が心配だわ……」

読みながら思わず声を漏らすと、近くにいたキラが反応を示す。

「ディアナ、どうした？」

今日は結婚式の打ち合わせをするため、キラが公爵家を訪れているのだ。

「レナ様の様子がちょっと変みたいなの」

「変？」

アースの手紙に書かれていたのは、レナ様の様子がどこかおかしいという相談だ。

数日前にレナ様から届いた手紙には、特に変わった様子は見られなかったのだが、それから何かあったのだろうか。

それとも、レナ様が手紙には書かなかっただけだろうか。

何かあったとしても、レナ様ならアースに気づかれないように対処するはずだ。なのにどうしてアースが気づいたのだろう。

「いくら優秀なレナ様でも、正妃になったばかりなのだから戸惑うことも多いでしょうし、何か悩み事があるのかもしれないわね」

「悩み事があるのなら、アースに言えばいいじゃないか」

「……そんな簡単に悩みを話せない人もいるのよ？　それに、以前に比べれば大分近づいたとはいえ、レナ様とアースの距離はまだ遠いように思うわ」

「それは、確かに」

レナ様は素《す》の自分をアースに見せるようになったが、まだ遠慮がある。

折角《せっかく》両思いになれたのだから、もっと距離を縮められたらいいのにと、私は客観的に見て思うのだけれど。

「レナ様の様子が変とはいっても、レナ様はアースの不利益になるようなことは絶対にしないでしょうし、これをきっかけに二人が話し合って、距離が縮まればいいと思ってしまうわ」

「アースとレナのことなんだから、下手に口出しすべきではないと思うが」

「それはわかっているわ。でも、一度レナ様と直接お話をする機会を持ちたいわね。もちろん、二人の仲をかき乱すことがないように注意するわ」

アースに話せないことでも、私には話してくださるかもしれない。

それに私も久しぶりにレナ様に会いたい。

「じゃあ、俺も一緒に――」

「キラが一緒だと、レナ様が詳しい話をしてくださらないかもしれないでしょう？　どちらかというと、貴方はアースと話をしてきてほしいわ」

「……ディアナがそう言うなら、そうするよ」

そして私とキラは王宮に顔を出すことにした。

*

くだらない嫉妬《しっと》で、アース様に心配をかけないようにしなければ。

そんな風に気を引き締めていたある日、仕事部屋で雑務《ざつむ》を片づけていると、ディアナ様がいらっしゃったという連絡があった。

今日ディアナ様がこちらに来るという予定はなかったはずなのに。

だけど折角《せっかく》王宮へ顔を出してくださったのだからと、私は仕事を切り上げて彼女に会うことにした。

ディアナ様をお迎えするため、侍女たちが慌ただしく準備し始める。私も身だしなみを整えるために鏡のほうへ向かった。

それにしても、突然王宮を訪れるとはなんの用なのだろうか。

そんなことを思いながら準備していると、ディアナ様がやってきた。

「ごきげんよう、レナ様」

にこやかに微笑むディアナ様は、相変わらず美しかった。銀色の髪に、ルビーのような赤い瞳が映《は》えている。

いや、後宮にいた頃よりも美しさに磨《みが》きがかかっているように思えた。やっぱり、キラ様と婚約したからだろうか。

好きな人のためなら、女性はどこまでも美しくなれるものだ。

私も……アース様に見られることを思うと、いまよりももっとずっと、美しくなりたいと思ってしまう。好きな人の前では綺麗《きれい》でありたいと考えるのは当然のことだ。

「ごきげんよう、ディアナ様」

彼女は、私を見ながらにこにこと笑っている。

こうして直接会うのも久しぶりだ。

私はディアナ様に自分の前にある椅子を勧めた。

「アマリリス様の新作は読みました？」

ディアナ様がそう尋ねてくる。

「ええ、アマリリス様がわざわざ送ってくださいましたから、きちんと読ませていただきましたわ。後宮で過ごした日々をネタにあんな物語が書けるなんて素晴らしいですわよね。自分の経験したことをなんでも創作の糧《かて》にできるのは凄いと思いますわ」

経験したこと、感じたことを、物語として広げていく。そんな才能は私にはないから、アマリリス様のことは本当に凄いと思う。

「そうですわね。アマリリス様はとても素晴らしい方ですわ。今回の主人公のティーファニアは、一途《いちず》で芯《しん》がしっかりしていて、とても好感が持てました。ドロドロとした女同士の争いを持ち前の明るい性格で乗り切るところにも、すかっとしましたわ」

後宮を舞台にしたアマリリス様の新作は、女性同士のドロドロとした争いが描かれた作品だけれど、それとは対象的に主人公のティーファニアの性格がとてもさっぱりしていて楽しめた。

彼女は前向きで、そのひたむきさを武器に、どんな危機でも乗り越えていくのだ。そういうシーンは見ていて気持ちがいい。

「ええ、私もあのシーンは好きですわ。自分の力で道を切り開《ひら》いていけるというのは、本当に素晴らしいですわよね」

「それにしても、後宮に入った時は、まさかあのティーンと親しくなれるとは思いませんでしたわ。レナ様ともこんなに仲良くなれるなんて……」

「そうですわね。私も……全然想像しておりませんでしたわ」

ディアナ様の言葉に、私も頷いてそう答える。

「後宮に入った時、アースの正妃は一体どういう人になるのかと、私は心配していました。幼馴染《おさななじみ》として、アースのことは気になっておりましたから。レナ様のような方が正妃になってくださって、私は嬉しく思います」

「ディアナ様にそう言ってもらえると嬉しいですわ」

そう答えながらも頭をよぎるのは、自分の中に芽生《めば》えてしまった正妃としては相応《ふさわ》しくない気持ちについてだ。

私はディアナ様に評価してもらえるほどの人間なのだろうか。

アース様のためだけに生きたいと思っているのに、こんな我儘《わがまま》な気持ちを抱えた私は、本当に正妃に相応《ふさわ》しいのだろうか。

「レナ様、どうかなさいましたか?」

ディアナ様が心配そうに聞いてくる。

私はその声を聞いてはっとした。

「なんでも……ありませんわ」

「レナ様、何か悩みがあるのでしたら、私に話してくださいませんか?　私はレナ様の力になりたいと思っているのです」

その言葉に甘えることはいくらでもできる。

ディアナ様に相談してしまえば、少しは心が軽くなるだろう。

だけど、こんな気持ちは言えない。どうしても言えない。

アース様にも、ディアナ様にも知られたくはなかった。

「悩みなどありませんわ。私はアース様の正妃になれて嬉しいんですもの」

「……そうですか。なら、いいのですけれど」

ディアナ様がわざわざ悩みがないか聞いてくるということは、私が悩んでいることはバレているのだろう。

けれどディアナ様は、それ以上は何も聞いてこなかった。

私にはそれがありがたかった。

だけどこんなに心配してくださっているディアナ様に、嘘をついてしまったことが申し訳なくなる。

それからは、全く関係のない雑談を交わした。

そして胸の内に秘《ひ》めたこのもやもやした気持ちをどうにかしなければならないと、私は改めて考えるのであった。

ディアナ様が帰ったあと、私はカアラとチェリと共に自室に戻った。

そしてディアナ様と別れてからもずっと考えている。私の、この割り切れない気持ちについて。

このもやもやのせいで、私はディアナ様の前で仮面をかぶれなくなっていた。

私はアース様の妃として完璧でありたいと思っている。だというのに、こんな醜《みにく》い気持ちを抱いてしまっているのだ。

それはアース様を愛しているからなのだけれど、こんな気持ちは感じずに、私は純粋にアース様の幸せだけを望んでいたかった。

「レナ様、少々よろしいですか？」

カアラが私を気遣うような声で尋ねてくる。

「ええ。何かわかったのかしら？」

「陛下は、やはりある女性と頻繁《ひんぱん》に会っているようです」

カアラの報告を聞きながらも、私は平静を装《よそお》って思考を続ける。

動揺は隠したつもりだけれど、長い付き合いのカアラたちには、きっとお見通しだろう。

「レナ様という正妃がありながら、その女性と親しくしているようですわ。ただ、どういう目的で会っているのか、詳しいことはいまのところわかりません」

カアラたちの報告によると、アース様は政務の合間に、よくその女性に会いに行っているらしい。それは、どうやら政務とは無関係なようだ。

いよいよその女性が側妃《そくひ》候補である可能性が高いように思えてくる。

私が至らなかったのだろうか。

私だけでは、駄目なのだろうか。

そんな思いも湧いてくる。

国王が正妃ではない女性と深い仲になることなんて、この国の歴史を見てもよくあることだ。

嫉妬《しっと》に狂《くる》って心を病《や》んだ正妃についての話も、アース様に相応《ふさわ》しくありたいと勉強に励んでいた時に家庭教師から聞かされたことがある。

その時は、どうして正妃という責任ある地位にいながら、そんな醜《みにく》い感情にとらわれるのだろうと不思議だった。

あの頃の私は、何があってもアース様の決定が第一だと、ちゃんと割り切れていたから。

だけど、いまはその正妃の気持ちがなんとなくわかってしまう。ただ、愛する人が他の女のもとに行くのが嫌だっただけなのだろうと。

「その……女性の正体はわかったのかしら？」

「後宮にいた下級貴族の令嬢のうちの一人、メーレア・ネチェチェルト様です。調べたところ、それなりに有能な女性のようでした。だから後宮にいた頃は余計なトラブルに巻き込まれないため、大人しく目立たないように振る舞っていたようですよ」

メーレア・ネチェチェルト。

その名には、確かに聞き覚えがあった。

後宮にいた頃、私は上級貴族の娘から下級貴族の娘に至るまで、全ての妃の顔と名前を覚えていた。

メーレア様は、確か栗色の髪を持つ、大人しそうな女性だったと記憶している。だが、それ以外に目立った特徴は思い出せない。

もし意図して人の記憶に残らないよう振る舞っていたのだとしたら、本当に優秀なのだろう。

そんな令嬢のもとを、陛下が訪れている……

「ただ、陛下が彼女と会う時には数名の文官が同行しているようなので、二人きりというわけではないようです」

「陛下がその女性のもとを訪れる目的を、もう少し調べてみますわ」

侍女たちの言葉が、頭の中に響く。

アース様が会っている女性が後宮の妃だったと知って、私はますますもやもやした。

後宮にいた頃は、アース様が興味を示していなかった令嬢。けれども、いまになって彼女に会いに行っている。

私は……アース様が私を正妃に望んでくれるのならと、深く考えもせず喜んで正妃になることを受け入れた。

だけどアース様が私を選んだのは、一時の気の迷いだったのではないか。

それを考えると胸がズキリと痛んだ。

ああ、もう、どうしてだろう。

アース様に愛されたいなんて、そんなおこがましいことは思っていなかったはずなのに。

アース様に選ばれなくても当たり前だと割り切れていたのに。

――アース様に愛されたい。アース様に選ばれたい。傍《そば》にいてほしいと望まれたい。

なんて浅ましい願望なのだろう。

最近の私は何か変だ。普段ならもっと冷静に物事を考えられるはずなのに、なぜか後ろ向きなことばかり考えている気がする。

「レナ様、大丈夫ですか……？」

「大丈夫よ、チェリ」

「無理しないでくださいね？」

そうチェリに心配される。

侍女たちの顔を曇《くも》らせてしまうことも心苦しかった。けれど私の頭はアース様とメーレア様のことでいっぱいだ。

アース様が他の女性を愛し始めているかもしれない。

それを考えただけで胸が苦しい。

……もうこんな思いを感じたくない。

そう思ってしまった私は、必要以上に仕事に没頭《ぼっとう》するようになっていた。

＊

私――ディアナはレナ様に会ったあと、キラと合流して王宮の客間に向かった。私たちのために用意されたその部屋で、レナ様のことをキラに話す。

「――やっぱり、様子がおかしかったのか？」

キラの問いかけに私は頷く。

「ええ、レナ様らしくないというか……」

久しぶりに会ったレナ様は、アースの言う通り様子がおかしかった。

何か悩んでいるのならば、私に教えてほしいと思って聞いてみたが、答えてくださらないし……

レナ様の身に何か深刻な問題が降りかかっているのではないかと心配になる。

それと同時に、レナ様が不安を吐き出してくださらないことを悲しく思った。

貴族同士の友情なんて、悩みを打ち明け合うような親密なものではないのかもしれない。だけど、私はレナ様と悩みを気軽に話し合える仲でありたいと思ってしまう。

後宮にいた頃から思っていたことだけれども、レナ様は問題を一人で抱えて頑張りすぎてしまうところがある。

正妃という責任の重い立場になったレナ様にとって、悩みを吐き出せる存在というのは貴重だろう。

まぁ、私に相談できなくても、あの侍女たちには話しているかもしれないが……

私には話せなくてもいいから、せめてアースにはなんでも打ち明けてほしい。折角《せっかく》夫婦になったのだから、遠慮せずに悩みくらい吐き出せるようになってほしいと思う。

「そうか。で、その手紙はなんだ?」

私が手に持っていた手紙を指して、キラが問う。

「レナ様の侍女が渡してくれたの。レナ様が何に悩んでいるか、これを読めばわかるのだと思うわ。けれど……本人がお話ししてくださらないのに、見ていいものかと少し考えていたのよ」

「いいんじゃないのか？　レナの信頼している侍女が、ディアナになら知られても構わないと判断したってことだろ」

キラが軽く言った。

その言葉に促《うなが》されて封筒から手紙を取り出す。

そしてその内容に目を通した私は、ほっとして微笑んだのだった。

＊

私は正妃としての仕事を一心にこなしていた。

アース様に頑張りすぎではないかと心配されても、大丈夫だと答えた。

実際に大丈夫だと、私自身思い込んでいた。

だけどそんな生活を一週間も続けた結果、私は体調を崩してしまったのだ。

体が重い。吐き気がする。

そんな症状に苦しんでいた私は、自室のベッドに横になっていた。傍《そば》に控えているのはメルとフィーノだ。

私は体調不良になってしまい、自責《じせき》の念《ねん》にとらわれていた。

アース様のために生きていくと決めた時から、体調管理は怠《おこた》らなかったのにと。

自分の体のことは、自分が一番わかる。体調が悪くなりそうだったら、調整すればいい。

そう思って上手く休みを取っていたから、起き上がれないほど体調を崩したのは、本当に久しぶりだ。

今日は仕事はしなくていいと言われて、無理やり休息を取らされた。これでは仕事に遅れが出てしまう。

正妃という責任ある立場になったのに、体調管理すらきちんとできないとは。

アース様を支えたいと言っておきながら、なんて情けないのだろう。

こんな私は、やっぱり正妃に相応《ふさわ》しくないのではないか。

私では能力が足りないから、側妃《そくひ》が必要なのではないか。

そう思うと、アース様が会っている女性のことが頭に浮かぶ。

私よりもその方のほうが、正妃に相応《ふさわ》しいのではないか。

体調を崩しているせいもあってか、考えても仕方がないことばかり頭の中をぐるぐるしていた。

具合が悪い時は、そういう暗いことを考えてしまうものだと聞いたことがある。
「レナ様……陛下がお医者様を呼んでくださっていますからね」
メルの声が聞こえる。けれど私は意識が朦朧《もうろう》としていて、返事すらできていなかった。
しばらくして人の気配が多くなり、そして静かになる。
ぼんやりする意識の中で、アース様が近くにいる気がした。
これは夢なのだろうか。
アース様が私に手を伸ばす。心配そうな顔で、私の頭を撫《な》でてくれる。
具合の悪い時にアース様が傍《そば》にいてくれるなんて、幸せとしか言いようがない。
夢……かな、やっぱり。
だってアース様は忙しいもの。
仕事を放ってまで傍《そば》にいてくださるなんて……こんな都合のいいことは、きっと夢。
「大丈夫か？」
アース様の声が聞こえた。
なんて優しい声なのだろう。
アース様に言葉をかけていただけるだけで嬉しい。
ああ、アース様。私は貴方のことを、本当に心から愛しています。

理屈じゃなくて、私はただ純粋にアース様を愛している。

どこが好きなのか聞かれたら、全てと答えるぐらい盲目的に愛している。

「アース様……」

ああ、夢でも嬉しい。なんて幸せな夢だろう。

心がぽかぽかする。嬉しくて、温かい気持ちになってくる。

だからこそ、最近芽生《めば》えてしまったもやもやとした嫉妬心《しっとしん》や、私だけを見てほしいという独占欲にも似た気持ち……それらを感じることが嫌だと思ってしまう。

私はそんな気持ちを感じたくない。こんな思いを抱かずにアース様と接したい。

アース様は、側妃《そくひ》を望んでいるのだろうか。

だから他の女性に会いに行っているのだろうか。

アース様が側妃《そくひ》を娶《めと》りたいと望んでいるのなら、私は受け入れるべきだ。

側妃《そくひ》を作っても大丈夫だと、ちゃんと言わなくては。

「アース様……側妃《そくひ》が、欲しいのなら……気にせず娶《めと》ってくださいね」

その言葉を口にして、私の意識は完全に途切れた。

＊

「……で？　陛下はどうしたいんですか」

「どうも何も、俺は側妃《そくひ》なんか娶《めと》るつもりはないぞ。どうしてレナがそう思ったのかが、まずわからん」

俺は体調を崩したレナを見舞ったあと、執務室に戻ってトーウィンと話していた。

先ほどレナが口にした言葉が引っかかって、トーウィンに相談したのだ。

「レナ様は、陛下が望むのなら側妃《そくひ》を抵抗なく受け入れそうなイメージでしたけど。実際はどういう心境なのでしょうね。レナ様は何を考えているのでしょう」

レナが、何を考えているか……か。

正直、さっぱりわからない。

俺は側妃《そくひ》を娶《めと》る気はないし、そんな話を誰かにしたこともない。どうしてレナがそんなことを言いだしたのか、俺には見当もつかなかった。

レナが自分の口で言ったのだから、そう考えているのは確かだろう。

だが、なぜそんなことを考えたのか……

「わからん」

「レナ様は何か悩んでいるのではないのですか。彼女があそこまで体調を崩すなんて珍しいとカアラさんが言っていましたし、陛下ももっとしっかりしなければいけませんね」

「……悩みか」

レナは自分の気持ちを以前よりは俺に話すようになっている。

けれど、最近何か隠していることには気づいていた。

俺には言えないことだろうかとディアナに尋ねてみたところ、彼女が直接レナに聞いてくれたようなのだが……

「ディアナ様はなんと？」

トーウィンがそう聞いてきた。

「……レナから本音は聞けなかったものの、一応目星はついたそうだ。とりあえず、レナとよく話し合うようにとだけ言われた」

「よく話し合うように、ですか……。それだけしか言われていないなら、一刻を争うような問題ではないのだろうとは思いますが……」

トーウィンがそう言って、考え込むような表情をする。

俺もそう思う。早急に対処しなければならない問題であれば、ディアナがあんな曖昧《あいまい》な言い方をすることはない。

ならば、放っておいてもなんとかなるということだろう。

だがそういう些細《ささい》な問題で、あのレナがそんなに悩むのだろうか。

いままでの印象から、レナが深刻な悩みを抱えるだなんて思ってもみなかった。なんでもそつなくこなして、常に前だけを見ている。そういうイメージだったから、レナが何か思い悩んでいるというのは意外だった。

もしディアナが俺に伝えづらいような悩みだとすると……もしかしたらレナの心が俺から離れていっているのではないだろうか。

「側妃《そくひ》の話を持ち出してくるということは、レナは俺が側妃《そくひ》を娶《めと》るかもしれないと思っているということだよな」

「そうだと思いますよ。陛下が、何かそう思わせるようなことをしたのでは?」

「心当たりはないが……」

もしかすると、レナは俺に側妃《そくひ》を娶《めと》らせたくて、わざとあんなことを言ったのかもしれない。だとしたらレナは、俺に愛想《あいそ》を尽かしているのだろうか。

そんな漠然とした不安が湧いてきた。

「女性は繊細なんですよ。こちらが気にしないことでも、向こうはすごく気にしているなんてこともあるんですから。やっぱり陛下が何かしたんじゃないですか」

トーウィンにそう言われても、俺には本当に心当たりがなかった。

レナが全身で俺を好きだと告げてくれるから、俺はそれに甘えてしまっていたとは思う。もっとレナの心をつかんでおけるよう、俺も頑張らなければならない。

「……そうかもな。とりあえずレナに、側妃《そくひ》を娶《めと》る気はないということをわかってもらわなくては……」

他人の心を完璧に理解することは不可能に近い。でも、理解しようとすることはできる。俺はレナのことを知ろうとしているつもりだけれど、きっとまだ足りないのだ。

そんなことを考えながらも、ひとまずはレナの体調が回復してからだな、と思うのだった。

*

「……アース様、本当にいらしていたの？　夢かと思っていたのに」

「ええ、いらしていましたよ」

カアラがそう答えてくれる。

ひと眠りして目が覚めると、私の体調は随分回復していた。眠りについてから、半日ほど経過しているらしい。

私が眠っている間に、アース様が来てくれていたことを知って驚いた。

アース様が傍《そば》にいる夢を見たと思っていたのだが、あれは夢ではなかったようだ。

何か話した気がするけれど、何を言ったかも覚えていない。

無防備なところをアース様に見られたのは、ちょっと恥ずかしい。アース様には、完璧な私だけを見せたいと思ってしまうから。

でも、アース様と私は夫婦なのだから、外面《そとづら》だけを見せるわけにもいかない。

やっぱり……このもやもやした気持ちを打ち明けるべきなのだろう。でも怖いと思ってしまい、まだ決心はつかなかった。

「ふがいないところを見せてしまったわ……」

「そんなこと、気にしなくていいと思いますけどね。陛下はレナ様を純粋に心配していらしただけですし」

メルがそう言って笑う。

まだ少し体がだるい私は、天蓋《てんがい》付きのベッドに寝転がったまま天井を見つめる。

頭があまり働かない。食べ物を見ると吐き気がするので、ほとんど食事をとっていないのだけれど、そのせいかくらくらする。

この眩暈《めまい》も、もう少し眠ればなくなるだろうか。

「レナ様、いまは何も考えずに休んでください」

メルが私の顔を覗き込んで言った。

「でも……ただでさえ仕事が遅れているのだから、考えることだけでもしなくては……」

「もー、レナ様。いいから休んでくださいよ」

メルにそう言われたけれど、やっぱり私は考えてしまう。

アース様が側妃《そくひ》を娶《めと》る。

それを思うと、ずきずきと胸が痛んだ。

体のだるさが取れない。

胸が苦しくて仕方がない。

「……二人とも、ありがとう」

私はそう告げて、また瞳を閉じた。

その夜、体調が悪い私を気遣ってくれたのか、アース様は別の部屋でお休みになったようだ。代わりにやってきたのはイーシャである。

「レナ様、大丈夫ー？」

「……イーシャ。平気よ。大分よくなったわ」

イーシャは窓から入ってきて、こちらを見ている。

「レナ様、深く悩みすぎだよー？　そこまで悩まなくても、王様にぱぱっと本音を言えばいいだけだと思うんだけど」

彼は全て心得ているような言い方をした。

「……イーシャ、何か知っているの？」

「んー、少なくともレナ様が何を考えているかは知ってるよ。他にも色々把握してるけど」

「……そう、こんな風にうじうじ悩んでいるなんて、イーシャからしてみれば呆れるでしょう？」

くだらないことで悩んでいると知ったら、イーシャは私への興味を失ってしまうだろうか。

そう心配になるけれど、どうせあらゆることを把握しているイーシャを、ごまかすことはできないだろう。

「いや？　俺は確かにぶれないレナ様のことを気に入っているけれど、こうして歳相応に悩んでいるレナ様も面白いなと思っているよ」

「そう……」

「うん。レナ様がこんなに悩むところなんて、滅多《めった》に見られないだろうし。それが見られるってだけで、俺にとっては面白いしね」

イーシャはそう告げる。

相変わらず、彼には忠誠心とかそういうものが一切ない。

「まぁ、煩《わずら》わしい問題は俺が片づけておくから、レナ様は思う存分悩んで、珍しい姿を俺に見せてよ」

イーシャはそれだけ言うと去っていった。

……本当に、何をどこまで知っているのだろうか。

ただ正直なところ、イーシャにはとても助けられていた。

正妃になってやらなければならないことが沢山《たくさん》あるけれど、そのうちのいくつかをイーシャが片づけてくれている。

あまり彼に頼ってばかりもいられないし、私は早く、体調を回復させなくては。

*

「カアラさん、レナ様は大丈夫？」

陛下の話を聞いた翌日、俺――トーウィンはカアラさんを見つけてそう話しかけた。

「まだ本調子ではないようですが、大分よくなりましたわ」

「それはよかった……。陛下もレナ様のことを心配していたから。ところで原因はなんだったの？　まさか誰かに毒を……」

もしかしたら毒を盛られでもしたのではないかと、俺は密《ひそ》かに心配していた。

正妃になったばかりの女性が謎の死をとげるというのは、時々ある話だ。

まだ地盤《じばん》ができていない正妃を排除して、なり代わろうとする動きは、どの代でも少なからずあるもの。だからもしかしたら……と思っていたのだ。

レナ様が体調不良だという情報は、瞬《またた》く間に王宮中に広まっていた。

中には、「すぐに体調を崩すような正妃では、子供は産めないのではないか」と言う貴族たちもいる。そのほとんどが、娘を正妃にすることをいまだに諦《あきら》めていない。

彼らは隙あらばレナ様を蹴落《けお》としたいようだ。

正妃はこの国の女性の中で一番の権力を持つ。娘をその地位につかせたいと願う貴族は多いし、自《みずか》ら正妃になりたいと願う令嬢も多い。

でも正妃が正式に決定されたあとも、諦《あきら》めきれずにどうこう文句を言ってくるのはやめてほしいものだ。

「お医者様はただの過労だろうと言っておられました。……けれど、もう一つの可能性も私たちに告げられましたわ」

「もう一つの可能性？」

「ええ。専門のお医者様を呼んで調べてもらうことになっていますの。ただ余計な騒ぎを起こしたくはないので、結果がわかるまでお教えできません」

カアラさんはそう言って微笑む。

彼女はいつも冷静であまり表情が変わらないのに、レナ様のことを語る時は、本当に表情豊かだ。

時々冷たいようにも感じるけれど、レナ様のために働くカアラさんを見ると、全くそんなことはないとわかる。

レナ様のことを大切にしている姿に、俺はいつもドキッとするのだった。

「どうかしましたか？」

カアラさんの笑みに見惚《みと》れていたら、そう問いかけられた。

「な、なんでもないよ。それより……レナ様の様子が変だという話だけど、それは放っておいて大丈夫なのか？」

「ああ、そうだわ。その件で貴方に聞きたいことがあるんですよ」

「聞きたいこと？」

「ええ。単刀直入に聞きますが、陛下は側妃《そくひ》を娶《めと》ろうとしているのですか？」

どうしてレナ様もカアラさんも、陛下が側妃《そくひ》を娶《めと》るのではないかと思っているのだろう。さっぱりわからない。

心当たりはないけれど、レナ様たちにそう思われてしまっているというのは間違いない。

「……陛下にそんな気は一切ないよ。陛下はレナ様だけを愛しているし、レナ様のことをちゃんと大切にしようとしているから、安心して」

カアラさんから聞かれたことに、俺はそう答える。

……レナ様だけがいればそれでいいんだって、きちんと陛下から伝えてもらわないといけないな。

レナ様はものわかりがよくて、陛下の言うことはなんでも受け入れてくれる。

だか、それに甘えてはいけないのだ。

陛下にはもっとレナ様に言葉を尽くしていただかなければ。

大体、あの方は言葉が足りないから……

「もう一つお聞きしたいことがあります。陛下がメーレア・ネチェチェルトという女性と会っているとお聞きしたのですが、理由をご存知ですか？」

「確かにそうらしいね。でも俺の管轄外《かんかつがい》だから理由までは知らない。ただ少なくとも、彼女が側妃《そくひ》候補というわけではないよ」

「そうですか……なら、いいです。けれどそれが嘘なら、私は貴方を許しませんからね」

「嘘なんてつかないよ……。俺はカアラさんに嫌われたくないから」

「……そうですか」

カアラさんは、俺の言葉に無表情でそれだけ告げる。

さっきの笑顔はもうどこかへ行ってしまっていた。けれど、こんな表情も綺麗《きれい》だと思うのだ。

俺はカアラさんが好きだ。

カアラさんと、家族になれたらと思う。でもカアラさんはレナ様一筋だし、レナ様のために子供を作りたいなんて言っているくらいだ。

俺がその相手になれたらいいなと思うけれど、難しいんだろうな……

「まぁ、貴方が私にとって有益な相手であるとわかれば、結婚相手として考えてやらなくもないです」

「へ？」

「では、私はレナ様のもとへ戻りますので」

俺がカアラさんの言葉に驚いているうちに、彼女はさっさとその場から去っていく。

え、いま……カアラさん、なんて言った？

聞き間違いじゃなければ——

そこには、混乱した俺だけが残されたのであった。

＊

「……アース様から私に、プレゼントですか」

「ああ。王宮に出入りしている商人が勧めてきたんだが、レナに似合いそうだと思ってな」

私が体調を崩してから一週間ほどが経つ。

やっと回復して、仕事に復帰することができた。

いつもの部屋で仕事をこなしていると、アース様が突然入ってきて私にプレゼントをくれたのだ。

「ありがとうございます。嬉しいですわ」

お礼を言いつつも、突然どうしたのだろうと思った。

側妃《そくひ》を娶《めと》りたいから、その前に私の機嫌を取ろうとしているのだろうか。

そんな捻《ひね》くれた考え方をしてしまう。嬉しいけれど、なんだかもやもやする。

アース様がくれたのは、宝石のちりばめられた美しい首飾りだった。

「レナ、その……」

「なんですか？」

目を泳がせて口ごもるアース様に問いかける。

「ちょっと外に出ないか？」

「外、ですか？」

「ああ。ずっと仕事をしていても息がつまるだろう？　少し息抜きをしないか？」

「……ええ、喜んで」

アース様からの誘いは嬉しい。

……けど、やっぱりこれはご機嫌取りなのだろうか。アース様がどうして急にプレゼントをくれたり、息抜きに誘ってくれたりするのかわからない。

そんなことを思いつつ、私とアース様は王宮の庭に出た。

色とりどりの花が咲き誇る庭を見ると、少しだけ気分がよくなる。

けれどやっぱり、もやもやした気持ちは残っていた。

アース様は私が花を見て顔を綻《ほころ》ばせたのを見て、ほっとしているようだった。彼は何を考えているのだろうか。

「その……レナ」

しばらくしてアース様が言った。

「はい」

「この前、レナが臥《ふ》せっていた時に言っていたことについてだが……」

「私、何か言っていましたか？」

身に覚えがなくて、キョトンとしてしまう。

「もしかして私、アース様を不愉快にさせるようなことでも言ってしまったのでしょうか？ それでしたら、申し訳ありません。横になっている時はずっとくらくらしていたので、アース様がいらしてくださったのも記憶になくて……」

「いや、覚えていないならいい。とりあえず、今日は無理せずにゆっくり休め。まだ本調子じゃないだろう。また体調を崩したら元も子もないからな」

「……はい」

私は何を言ってしまったのだろうか……

覚えていないならいいとアース様は言ってくださったけれど、何か深刻そうな顔をしていた。

それからアース様はトーウィン様に呼ばれて執務室に戻り、私は侍女たちと庭園に残ることにした。

アース様が去ったあとも、先ほど言われたことについて考えてしまう。

私が何かを言ってしまって、それをアース様が気にされている？

アース様を悩ませている？

アース様の心を煩《わずら》わせてしまっていると思うと、それだけで胸が苦しくなった。

折角《せっかく》正妃になれたのに、私はどうして色々上手くできないんだろうか。

私は正妃になったら、アース様の糧《かて》になりたかった。アース様を支えられる存在になりたかった。

だというのに、それができていない。

それに、アース様のいつもと違う言動から、やっぱり側妃《そくひ》を娶《めと》ろうとしているのではないかと勘ぐって……嫌だと感じてしまっている。

そんな沢山《たくさん》の思いが、心の中でひしめき合っていた。

「レナ様、どうかなさいましたか？」

「そんなに悩まなくていいんですからね」

「笑ってください、レナ様」

侍女たちが傍《そば》に来て、そんな風に言ってくれる。

「……私は何もかも上手くできていないなと思って」

思わず弱音を吐いてしまった。

彼女たちとは長い付き合いだから、ぽろりと本音をこぼしてしまう。

「そんな風に言わないでください」

「レナ様は頑張っていますよ」

侍女たちはそう言ってくれるけれど、やっぱり私は至らない正妃だと思ってしまう。

常に前向きでいることが私の長所だったのに、最近はどうしてこんなに不安定な気持ちになるのだろうか。私はこんなことばかり考えて、うじうじしていたくない。

私は――もっと強くなりたい。

「ああ……そういえば、アース様に側妃《そくひ》を娶《めと》ってもいいですよって言えなかったわ。そうお伝えしたら、アース様が私のご機嫌取りをする必要もなかったかもしれないのに……」

「いや、レナ様。それは絶対に違いますから。そんなことより、側妃《そくひ》を娶《めと》ってほしくないと、ちゃんと陛下に言うべきだと思います」

カアラはそう言うけれど、やっぱり無理だ。

イーシャも本音を言えばいいなんて言っていたが、そういうのは難しい。

だって言ったら、アース様に嫌われてしまうかもしれない。アース様に呆れられてしまうかもしれない。

もしそれを言うとすれば――

「……アース様が会っているという、メーレア・ネチェチェルト様についてもっと調べてからね」

「レナ様、彼女は――」

カアラが何か言おうとしたけれど、私はそれを目で制した。

メーレア様について、ある程度調べ終えているのはわかっている。なのにそれを聞かないというのは逃げだ。側妃《そくひ》を娶《めと》ってほしくないと、正直に言わないのも同じ。

けれどアース様に本心を伝えるのが怖くて、どうしても決心がつかなかった。

*

レナ様は本当に面白いなぁと、俺——イーシャは考える。

自分の芯が、全くぶれない。彼女は王様のことが大好きで、彼のために一生懸命だ。

そんなレナ様が嫉妬心《しっとしん》を抱いているなんて、それもまた面白いと思う。

本人は必死なんだろうけれど、レナ様が自分の心情に戸惑って空回《からまわ》りしているのは、見ていて楽しい。

あと王様の言葉が足りなさすぎて、お互いにすれ違っているのも面白いし。

たとえ王様とレナ様が破局しようが、どんどんこじれようが構わない。まぁ、流石《さすが》にそうはならないだろうけど。

俺は色々な事情を把握している。けれど、レナ様にそれをあえて言う気はない。俺は俺が面白ければなんでもいいのだ。

そんなことを思いながら、侍女に扮《ふん》して王宮の廊下《ろうか》をうろうろしていた。

俺が後宮に潜入していた時の仮の姿——ミークエは、後宮が解散してからは王宮に籍《せき》を置いている。男の俺が侍女として潜入するのはなかなか面白い経験で、割と気に入っているのだ。

レナ様が正妃に収まったあと、違う侍女として潜入し直してもよかったのだけど、特にその必要もなかったのでひとまずミークエのままでいることにした。

後宮に入る時の審査の厳しさを思えば、後宮から王宮に移るのは簡単だった。けれど王宮のほうが警備は厳しく、こうして動き回るだけでもそこそこスリルがある。

そうして歩いていると、前からメルが歩いてきた。

「……イーシャ」

彼女は俺の姿を見るなり、そう口にした。

「メル。いまはそう呼ばないで」

レナ様やメルたちには、俺が侍女に変装して王宮にいることがバレている。

「ミークエだっけ。その姿の時の名前……」

「うん、そうよ」

女性らしい表情と声を装《よそお》って答える。するとメルが呆れたように言った。

「……貴方、侍女姿がすっかり板についているわね」

「私はこういうことが得意ですから」

俺は男らしい体つきではない。どちらかといえば華奢《きゃしゃ》なほうだ。だからこそ、女装して女の集団に紛《まぎ》れ込むこともできる。

気がつくと、メルが俺のことをじっと見つめていた。

「なんですか？」

「……正体を知らなければ、男性には見えないわ」

「ふふ、こういうのが得意だって言ってるじゃないですか」

人を欺《あざむ》くのは面白い。

俺が変装して接していた相手に正体を明かして、その瞳が驚愕《きょうがく》に染まるのを見るのも面白い。

その瞬間は、本当に楽しい。

「……貴方は、やっぱり危険だわ」

「そうですか？」

おどけたように言ってみるけれど、メルにとって俺が危険なのは当然だろう。

俺は自分で言うのもなんだけど気まぐれだ。

つい先日まで味方をしていた相手に、刃《やいば》を向けることも普通にある。

だからレナ様に飽きてしまったら、俺は彼女の下を離れるだろう。場合によっては、レナ様と敵対することだって厭《いと》わない。

レナ様は滅多《めった》にいないくらい面白い人で、いまは彼女の味方でいることを選択している。でも、それはあくまでレナ様が俺を楽しませてくれるうちだけで、彼女が永遠に面白いなんてありえないだろう。

レナ様もそれを自覚しているからこそ、俺に対する警戒心を解かない。そして常に、俺が敵に回った時のことを考えて動いている。

「――貴方は有能だわ。それでいて、危険だわ」

メルがもう一度そう言った。

「だとしたら、どうするのかしら？」

「……私自身は貴方を気に入っているのよ。レナ様も、きっとそう」

「ありがとう。それで、何が言いたいの？」

気に入ってもらえるのは嬉しいが、俺にはメルの言いたいことがさっぱりわからない。

そう思って、彼女の言葉を待った。

そして次の言葉には、流石《さすが》の俺も驚愕《きょうがく》した。

「貴方の興味を惹きつけるような人に、私がなればいいってことよね。そしたら貴方はレナ様から離れないし、私たちの味方でいてくれるってことでしょう？　――よし。私、貴方を惚《ほ》れさせてメロメロにするから、覚悟してね！」

「は？」

俺がぽかんとしている間に、メルはそう宣言して去っていった。冷静になってその言葉の意味を考えてみた結果、俺は珍しく混乱した。

＊

「それで……イーシャにそう宣言してきたと」

「はい！　だからレナ様、私はイーシャが敵に回らないように、一生懸命頑張りますわ！」

部屋で仕事をしていたら、戻ってきたメルから廊下《ろうか》でイーシャに会ったと言われた。

そこで彼女たちが交わしたという会話に、私はとても驚かされる。カアラも私の横でわずかに目を見開《みひら》いていた。

イーシャのことは確かに気がかりだけれど、だからといって、惚《ほ》れさせるという結論に至ったことには驚いた。

……メルとイーシャか。

考えてみると、案外お似合いかもしれない。

「メル、私のためにと思って、無理しなくていいのよ?」

「別に嫌々とかじゃないので、大丈夫です。確かに敵に回さないようにっていう目的はありますけど、個人的にもイーシャのことを気に入っています。それにああいう伴侶《はんりょ》を持ったら、面白いと思いません?」

メルはあっけらかんと笑う。

そういう前向きな考え方が私は好きだ。私はいつだって前を向いているのが好きなのだ。

――なのに、どうしていまの私はうじうじと悩んでしまっているのだろうか。

メルの笑顔を見ていると、そんな風に思う。

「レナ様、私はイーシャを落とします。落として、私の傍《そば》から離れられなくして、そしてずっとレナ様の味方でいさせます。だから安心してください。レナ様はご自分のことだけ考えて、そして答えを出してください。レナ様がそのもやもやを解消するまで、他の悩みは私たちが全て解決しますから」

私はそう言ってくれるメルの気持ちを嬉しく思う。本当に私にはもったいないくらい素敵な侍女だ。

「メルにも春が来たのですね。それはいいことです」

そう言って、カアラが話を変える。

「それで、レナ様。メーレア・ネチェチェルト様についてなのですが……」

「……何かわかったの？」

「陛下が彼女に接触しているのは確かですが、それは側妃《そくひ》にするためではないようです。陛下には側妃《そくひ》を娶《めと》るというお気持ちすらありませんわ」

カアラは淡々とそう告げる。

「……そう。なら、どうして彼女に会いに行っているのかしら」

「それはちゃんと陛下にお聞きしましょう、レナ様。夫婦なのですから、レナ様の本心を陛下に言ってもいいのです」

「……カアラ、私はアース様が幸せならそれでいいって言ったの。他の方を正妃にしたければ、それを全力で応援するって。アース様が側妃《そくひ》を望まれるなら喜んで受け入れようと思っていたわ。それなのに、私はこうして嫉妬《しっと》しているのよ。こんな気持ち、アース様に打ち明けてもいいのかしら……」

アース様に呆れられたらどうしよう。

アース様に嫌われたらどうしよう。

ずっと、それを考えている。

私はいまの幸せを手放すことが怖いのだ。

この夢のような幸福が失われることに、恐怖を感じている。

アース様がメーレア様を側妃《そくひ》にすることはないと、カアラは断言した。

仮に彼女が側妃《そくひ》候補ではなかったとしても、いつかアース様が誰かを側妃《そくひ》に望まれたら、私はどうすべきなのだろうか。

「大丈夫ですよ、レナ様」

何度も何度もカアラたちに言われて、私はようやくこの気持ちをアース様に伝えようと決意した。

＊

レナ様が眠りについたあとのこと。私——チェリはフィーノに尋ねる。

「それで、医者の手配は済んでいるのですか？」

「ええ。女官長の伝手《つて》でよさそうな人を紹介してもらいましたわ。ですから、チェリは心配しなくて大丈夫ですよ」

その言葉を聞いて、私はほっと息を吐く。

「レナ様もやっと陛下に思いを伝えると決心されましたし、これでもし私たちの思っている通りの結果ならいいことですわ」

「本当にそうですね！　レナ様が陛下ともっと通じ合えたら、きっとさらに可愛らしいレナ様を見ることができるでしょうし」

フィーノはそんなレナ様の姿を想像しているのか、うっとりした顔をした。

「……でも陛下がメーレア様に会いに行っている理由については、まだわからないのですよね？」

カアラがトーウィン様から話を聞いて、陛下には側妃《そくひ》を娶《めと》るつもりがないと断言していた。

けれど陛下がメーレア様に会いに行っているのは事実だ。何か事情があるにしても、レナ様を不安にさせた陛下には怒りを感じてしまう。

「ええ。いまのところ、陛下がどうして彼女と会っているかはわかりません。でも、それもレナ様が陛下に直接聞けばいいことですわ。レナ様が陛下に本音をぶつけて、陛下も本音をぶつけて、それが夫婦だと思いますもの」

「確かにそうですわね……」

レナ様はいま、とても不安定だ。けれどおそらく、その原因はそんなに深刻なものではない。

陛下は陛下の思うところがあって、メーレア様に会いに行っている。それはレナ様を裏切る行為ではない……はずだ。

レナ様と陛下に必要なのは、きっと話し合う時間だろう。

お互いに言葉が足りないのだと思う。

レナ様は陛下に嫌われてしまうのではないかと恐れてばかりで何も言わないし、陛下は陛下で言葉が足りないのだ。レナ様なら言わなくてもわかるだろうと、甘えている部分もあるに違いない。

「とりあえず、レナ様たちの話し合いが上手くいくことを願いましょう」

「そうですわね」

私たちはそんな会話を交わした。

レナ様の幸せを願いながら。

＊

アース様がプレゼントをくださってから三日経っても、私は相変わらず悩んでいた。

そんな私に、カアラが呆れたように言う。

「レナ様、いつまでうじうじしているのですか。陛下のもとへ行くのでしょう？」

アース様に自分の気持ちを話そうと決意したにもかかわらず、結局私は彼のもとへ行けないでいた。なんて情けないのだろうと思うけれど、どうも最近の私は行動力に欠けている。

けれど、痺《しび》れをきらしたカアラに急《せ》かされて、のろのろと重い腰を上げた。

アース様に嫌われたらどうしよう。

アース様に嫌われたら私は生きていけない。

でも、怖がっていても仕方がない。私は正妃になったのだ。こんなことを恐れていてはいけない。

そう自分を奮《ふる》い立たせて、私はアース様がいる執務室へと向かう。

ドキドキしながら歩く私に、フィーノが話しかけてくる。

「いまは不安でいっぱいかもしれませんが、レナ様が想像しているような悪い未来はきっと来ませんから、安心して陛下と話し合ってくださいね」

フィーノがどうしてそんな風に断言できるのか、私にはわからない。

だけどそう言ってもらえると、不思議と大丈夫だと思えた。

「……ふふ、ありがとう。フィーノ」

私はフィーノの言葉に笑みをこぼす。そうしているうちに、執務室の前にたどり着いた。

「レナ様！」

声をかけてきたのは、ちょうど通りかかったトーウィン様である。

「陛下にご用ですか？　あの方はいま来客の対応中で……」

「そうなの？　じゃあ部屋の前で待たせていただいてもよろしいかしら？」

「構いませんよ」

そう答えながらも、トーウィン様はカアラのことをちらちら見ている。なんだか様子がおかしいけれど、もしかして、この二人……何か進展があったのかしら。

そうだったら嬉しいと思う。

そんな温かい気持ちになっていると、応接室の扉が開《ひら》いた。

そこから出てきたのはアース様と――メーレア・ネチェチェルト様、その人だった。

私は一瞬時が止まったかのように感じた。

メーレア様は、私の記憶の中の彼女よりもどこか気品があって、ほっそりとしているように見える。地味だけれど、綺麗《きれい》な人だ。

アース様は側妃《そくひ》にするために会っているわけではないと皆が言うけれど、それは本当なのだろうか。

所作《しょさ》の一つ一つを見ただけで、彼女が側妃《そくひ》たりうる教養を備えていることがわかった。

彼女は私に気づいて、笑みを浮かべる。

「レナ様、ごきげんよう」

「ご、ごきげんよう」

私はどうしてこんなに動揺しているのだろう。

自分でも驚くぐらい、私は動揺していた。

来客とは、彼女のことだったのか。そう思うともやもやして仕方がなかった。

「これからよろしくお願いしますね、レナ様」

メーレア様にそう言われて、頭が真っ白になる。

「え、ええ……」

なんとか受け答えするけれど、内心それどころではなかった。

これからよろしくとはどういう意味だろう。

なぜ彼女は、私にそんなことを言ったのだろう。

やっぱり、側妃《そくひ》として王宮に来るのだろうか。だからよろしくお願いします、ということなのではないか。

さっきまでは、アース様とちゃんと話そうという気持ちでいたのに。

侍女たちに背中を押されて、大丈夫だという気持ちになっていたのに。

「それでは、今日は失礼いたしますわ」

メーレア様はそう言ってから、アース様にも微笑みかけて去っていった。

アース様とメーレア様の親しげな様子に、むかむかしてきてしまう。

「レナ、どうかしたか？」

「ア、アース様は……仕事でお忙しいと聞いておりましたが、女性と会っていましたのね」

「ああ、それは――」

「やっぱり、私のことはもう不要なのですね！」

どうしてアース様にこんな言い方をしてしまうんだろう。

こんな私をアース様に見せたくないのに、アース様には完璧な私をお見せしたいのに……言葉が止まらない。

「よくわかりましたわ、アース様。私も失礼させていただきます」

「ちょっと待て！　メーレアは――」

私はアース様の言葉を聞かずに踵《きびす》を返す。

カアラとフィーノが後ろをついてくるけれど、カアラはトーウィン様と話があるのか、

「ちょっと残ります」とだけ言って戻っていった。

「レナ様、アース様に用事があったんじゃ……」

そう言って引き留めようとするトーウィン様の声が聞こえたけれど、私は構わず自分の部屋へと戻るのであった。

＊

「えーと、カアラさん。レナ様はどうしたんですか？」

俺はレナ様の後ろ姿を見つめながら、カアラさんに問いかける。

陛下は一瞬唖然《あぜん》としたあと、レナ様を追いかけていった。けれど途中で宰相《さいしょう》に話しかけられ、足止めを食らっている様子が見える。

陛下も言っていたように、やっぱりレナ様の様子はおかしい。

メーレア・ネチェチェルトを見たあとの態度は特に変だった。

やっぱりレナ様は、陛下が側妃《そくひ》を娶《めと》るつもりだと思っているのかもしれない。というか、メーレア・ネチェチェルトを側妃《そくひ》にすると思い込んでいるのだろう。

レナ様は陛下のためならばなんでも受け入れそうだと思っていたけれど、そうではなかったようだ。

正妃になってからレナ様の中で心境の変化があったのだろうか。それはわからないけれど、とりあえずは陛下がちゃんとレナ様と話すべきなのだ。

そう思っていると、カアラさんがため息をついた。

「……レナ様は、少しお心が不安定なのです。ですから、陛下にはレナ様としっかりお話をしてもらいたいのですが」

「陛下も……言葉が足りないから」

「本当にそうですわ。陛下は言葉が足りません。もっときちんとレナ様とお話ししてくださっていれば、レナ様だってあそこまで不安定にはならなかったでしょうに」

「それを言うならレナ様も、色々ため込みすぎなんじゃ……」

「ええ。それはその通りです。私たちのレナ様は頑張り屋さんで、いつだって陛下のためを考えていて……だからこそ気持ちをため込んでしまわれるのです。お互いに本音を話せば、きっとすぐに解決することでしょうに……」

カアラさんはそう言って、ふぅと息を吐く。

話したらすぐに解決しそうなことだ。だけど、会話が足りなくてあの二人はこじれている。

陛下もレナ様も、もっとお互いに心を開《ひら》けばいいのにと俺は思った。

＊

アース様の部屋に、メーレア・ネチェチェルト様が来ていた。上品で、優しそうで、私とはまるっきり雰囲気が違う人だった。

アース様は彼女を側妃《そくひ》にするつもりなのだろうか。いやむしろ、元からああいう人を正妃にしたかったのではないか。私を正妃にしたことを後悔していたらどうしよう。

なんでこんなにマイナス思考に陥《おちい》ってしまっているのだろう。その原因について何度も考えるけれど、思い当たることはなかった。

「レナ様……逃げたら駄目だと思いますよ？」

「……そうね、わかっているわ。チェリ」

私はそう言いながら、自分の部屋のベッドに寝転がってもんもんとしていた。

逃げても駄目だってことくらいわかっている。わかっているけれど、怖くなってしまったのだ。私は、自分がこんなに臆病《おくびょう》だったことを初めて知った。

ああ……アース様のことが本当に、本当に好きだからこそ、こんな気持ちになるのだ。

愛していなければ、きっとこんなに不安にはならない。

でも、怖がっていても仕方がない。私は自分の気持ちを伝えなきゃいけない。

踏み出さなければ、前には進めないから。

そんな風に思っていた時、チェリがアース様の来訪を告げた。

私は慌てて身なりを整えて、アース様を迎える。

「……ごきげんよう、アース様」

「ああ」

「……」

「……」

挨拶《あいさつ》を交わしたあと、互いに少しだけ無言になった。静寂《せいじゃく》を破って先に口を開《ひら》いたのはアース様だった。

「レナ」

「は、はい」

「レナは体調を崩している時、側妃《そくひ》を娶《めと》りたいなら娶《めと》れと俺に言っていた。お前は覚えていないようだが……」

「えっ!?」

そんなことを……言っていた？

「俺は――」

「ア、アース様、その！」

私はアース様が口を開《ひら》くのと同時に言葉を発していた。

「わ、私、ずっとアース様が幸せになれればそれでいいって思っていて、だから、後宮に入った時も自分が正妃になるつもりはありませんでした。正妃になれた時だって、側《そく》妃《ひ》の存在も受け入れて、アース様のことを支えていきたいと思っていて……だけど……」

ああもう、みっともない。

自分の気持ちをこんな風に口にするのは怖い。アース様が、私にどういう感情を持つのかわからなくて怖い。

でも、きちんと伝えると決めた。

「私……いざ正妃になったら、アース様に……他の奥さんができるのが嫌だと思ってしまったんです！　私の我儘《わがまま》でしかありませんけれど、それでもアース様には、私のことだけを見ていてほしいなんて、おこがましくも感じてしまったのです……」

私の声は震えている。

こんな気持ちを曝《さら》け出していいのだろうかと、心は不安でいっぱいだ。

「私は、アース様が大好きです。アース様のことを愛しています。アース様のためならなんだってしたいし、アース様の望むことはなんだって受け入れたいと思っています」

話しているうちに、私の声は小さくなっていく。

そして、視線は下へ向いていった。

「私一人でもアース様のことを支えてみせます……というか、満足してもらえるように頑張ります。頑張りますから——側妃《そくひ》を娶《めと》らないでください。娶《めと》ってもいいなんて口走ってしまったかもしれませんけど……そうしないでくださると、嬉しいです……」

ますます怖くなって、アース様の目なんてとても見られない。

アース様がどういう反応をするのかと思うと恐ろしかった。

だけど、聞こえてきたのはおかしそうな笑い声だった。

アース様が笑っている？

「……アース様？」

どうして笑っているのだろうと、顔を上げる。

「様子がおかしかったのは、それでか」

「……はい」

「レナは、その気持ちを言えずにずっと悩んでいたのか？」

「はい……だって、私は正妃になれるだけでも幸せで、他に何も望まないとアース様に言っていたのに、どんどん我儘《わがまま》になって、欲張りになって……自分だけが妻でいたいと考えてしまったのですもの。呆れて……いらっしゃいますよね？」

恐る恐るアース様のほうを見ると、彼は私の目を見つめて口を開《ひら》いた。

「レナ」

「はい」

アース様は穏やかな顔をしている。

「俺はレナが本音を話してくれたことを嬉しく思う。レナがそういう気持ちを持ってくれているのは、俺にとって嬉しいことだ。あと、側妃《そくひ》を娶《めと》る気はないから安心してくれ」

ゆっくり言い聞かせるように、アース様は言う。

「……でも、メーレア様は？　よろしくお願いしますと言われましたけれど……」

「あー……メーレアはお前の侍女候補だ。元妃の中からレナに合いそうな女性を探して、慎重に選んでいた。ネチエチェルトは野心がないし、先日結婚もしている。レナの侍女にぴったりだと思ったんだ」

下級貴族の女性たちの中には、結婚をしてからも働く人がいる。他の貴族の子供の家庭教師をしたり、侍女になったりするのだ。

「……私の侍女？　……新しく私に仕えてくれる？」

「ああ」

それを聞いて、私は力が抜けてしまう。

「レナ⁉」

その場に座り込みそうになった私を、アース様が支えてくれた。

「……すみません、アース様。ちょっと気が抜けてしまって」

散々《さんざん》悩んでいた原因が、こんなことだったなんて。悩んでいたのが馬鹿みたいで、けれどアース様の行動が私のためだったと思うと嬉しい。

「アース様、ありがとうございます。アース様が私のために侍女を選んでくださったというだけで幸せです。……私は貴方を心から愛していますわ」

まっすぐに目を見てそう言ったら、アース様に口づけされ、優しく抱き締められたのだった。

それから、お医者様が私のもとにやってきた。

なんでも、侍女たちが探してきたお医者様らしい。きっと彼女たちなりに私のことを心配してくれていたのだろう。

アース様もまだ具合が悪いのかと心配して付き添ってくれた。けれどお医者様は私を診察すると、満面の笑みを浮かべて言ったのだ。

「陛下、正妃様、おめでとうございます」

「えっ？」

「おめでとう、とは？」

私もアース様もぴんとこなくて、そう問い返した。

そんな私たちに、傍《そば》に控えていたカアラが言う。

「おめでたです。赤ちゃんができたということですよ」

「赤ちゃん……!?」

私は驚いて思わず声を上げてしまった。

「最初にレナ様が体調を崩された時に、もしかしたらと思ったのです。いつになく情緒《じょうちょ》不安定なようにも思えましたし、念のためそういった方面に詳しいお医者様をお呼びしました」

淡々と告げられて、私も納得した。

どうしてこんなにくよくよ悩んでしまうのだろうと、ずっと考えていた。でもそれも、妊娠していたからなのかもしれない。

「ここに私と、アース様の赤ちゃんがいる……」

そうつぶやいて私はお腹をさする。

その後、放心状態から戻ったアース様に感激したように抱き締められ、私が混乱したり、カアラが「子供がいるのですから！」と怒ったりと、その日は色々にぎやかだった。

私は、愛するアース様の子供ができた幸福に浸《ひた》っていた。

これからも、私はアース様のために生きていく。子供が生まれたら、この子のためにも生きていこう。

私の人生は、アース様と生まれてくる私たちの子のために捧《ささ》げるのだ。

書き下ろし番外編

子供が生まれて私は幸せだ

「まぁ、なんて可愛いのかしら」

「レナ様、それは何度目ですか？」

私のつぶやきに、カアラがそう言って微笑ましいものを見るような目を向ける。

私が目に入れても痛くはないと思う、可愛くて仕方がない存在――それは生まれたばかりの子供である。

アース様譲りの黒髪に、私譲りの茶色の瞳――そう、目の前にいる赤ちゃんは、アース様と私の間に生まれた子供である。

第一王位継承者の男の子が生まれたということで、国内は沸いたものである。

王位継承者が生まれたということは、国民の一人としてもちろん嬉しい。だけど、私は何よりもアース様のお子を産めたことが嬉しくて、それでいてその子供が可愛くて仕方がない。

自分のお腹から生まれた子供が、こんなにも可愛いとは思わなかった。アース様との子供だから、余計に私は愛おしく思っているのかもしれない。

私は息子――アルベルトを見て、嬉しくて仕方がない。だって可愛いもの。でもあれね、子供を可愛がりすぎないようにしないと。いえ、もちろん、可愛がりはするわよ。でも王族としての秩序はきちんと学んでもらわないと……。

「それにしても本当に可愛いわ！」

「レナ様も十分可愛いです」

そのような言葉を返されてしまう。

ちなみにカアラもつい先日、第一子を産んだ。トーウィン様との子供である。カアラは私が子供を産む時に、その子の遊び相手ができるような年齢の子供を産むと前々から言っていて実行してしまった。メルはイーシャに迫っている。イーシャも絆《ほだ》されかけているというか、面白がっているらしいとは聞いている。

カアラは、トーウィン様のことを心から愛しているわけではないかもしれないが、それでもトーウィン様はいいらしい。夫婦の形は夫婦の数だけあるだろう。なので、本人たちが納得しているのならいいかなと思っている。

「だぁ」

まだ小さなアルベルト。

まだ言葉を発することもできない小さな赤子。――私にもこのような頃があっただろう――、不思議な気持ちでいっぱいだ。

そしてこの小さな赤子も――いずれ大きくなるのだな。そんな未来を考えると楽しみだ。

王族だと自分の子供の世話を見ない者も多いようだが、平民は全部自分の手で育てるらしい。私はカアラが乳母として子供の面倒を見てくれているし、赤子付きの侍女もいる。ミリアム侯爵家からやってきた侍女たちも多くいるし、アース様の信頼を得て付いている侍女たちも一緒に見てくれる。

なので、平民の女性が一人で子供を見ていたりすることは凄いなと感心する。こうした初めての経験を行《おこな》ったからこそわかることがある。私はアース様のために沢山《たくさん》勉強をしてきたつもりだけれど、まだまだ知らないこともある。

「あー」

アルベルトが声を上げている。

赤子というのは不思議だ。まだ自我も芽生えていなくて、泣いている赤子。けれども、予想もつかないこともする。

「アルベルト、いい子ね」

私はアース様を愛しているし、アルベルトのことも可愛くて仕方がない。

「レナ様、陛下がいらっしゃいましたよ」

「陛下が？」

私は慌てて自分の身だしなみを確認する。陛下の前に立つのならば、完璧な私でいたいと思うから。

「レナ様、陛下は素《す》のレナ様をもうご存知なのですから、大丈夫ですよ」

「レナ様は今日も可愛らしいので、そのままで大丈夫です」

二人にはそんな風に言われたけれど、それでもきちんとしておきたい。好きな人の前では一番綺麗《きれい》な私を見せたいのだ。

正妃になり、アース様と接する時間が増えた。近づけば、嫌な部分が見えてくる人も多くいるらしいけど、私はアース様の思ってもいなかった一面を見て嬉しかった。完璧に見えた陛下の違う一面を知ると、愛おしくなった。

アース様も私に、同じ気持ちを抱いてくれているだろうか。一緒の気持ちだといいな。そしたら凄く嬉しいわ。

「レナ」

「アース様、ごきげんよう」

声をかければ、アース様は優しい笑みを浮かべてくれる。私にいつも優しく笑いかけてくれる。ああ、もうそういう笑みを見ただけで、美しすぎて私はときめいて仕方がない。

アース様は私のもとにも、子供であるアルベルトのもとにもよく顔を出してくれる。

アース様が気にかけてくださっているのが嬉しかった。

アース様はアルベルトを抱きかかえてくださる。……美しく愛おしいアース様と、可愛い息子のアルベルト。とても絵になるわ。そして、どうしようもなく幸せを感じて仕方がない。

＊

私はいま、悩んでいる。

可愛い可愛いアルベルト。

私とアース様の愛おしい子供……その子の教育について。

子供を産むのが初めてな私は、息子の教育をどのようにするべきなのか悩んでいる。

子育てというのは難しいものなのだ。子供をどんな風に育てたらいいのか……そういうのを、いまのうちから考えておきたいなと思っているのだ。

アルベルトがどんな王になっても、私は嬉しい。私にとって可愛い子供だから、どんな風に育っても愛していけると思う。もちろん、悪いことをしたら叱らなければならないけど。

それに王になるというのならば、アルベルトには沢山《たくさん》の教育が必要になる。侯爵令嬢として生きてきた私とは比べものにならないぐらいの重圧を、アルベルトは感じることだろう。

そのアルベルトのために私は母として、何ができるだろうか。私のお母様とお父様はよき両親だった。変わったことをやる私のことをいつも見守ってくれていて、私のことを否定しないでいてくれた。

私もそういう親になりたい。そんな風には思うけれど……

アルベルトは王族ということもあり、もう眠る場所も別だ。

私やアース様が見守ることができない間は、王子付きの侍女たちが見てくれている。

そしてアルベルトがどんな様子か教えてもらっている。

彼女たちは私たちよりも長く接していて、私たちよりもアルベルトのことをわかっているだろう。

私たちには責務があるから、アルベルトに寂しい思いをさせてしまうかもしれないけど、寂しい思いをさせないようにしたい。王侯貴族の親子関係は、接する時間が短くてこじれてしまうことも多いと聞く。そんな風にならないように、気をつけないといけない。

「アルベルトには、どんな教育をしたらいいと思う?」

「レナ様がやりたいようにやったらいいと思いますよ。レナ様が何か間違っているのならば、私たちが諫言《かんげん》いたしますから。安心してください」

「チェリ……」

「なので、レナ様は自由気ままに過ごしてくださいね!」

チェリにそんな風に言われて、私もそうだと思った。

初めての子育てで、悩んだり、焦ったりしてしまうけれど――チェリの言う通り、焦る必要は何もないのだ。私には味方が沢山《たくさん》いて、彼らを頼ればいいのだから。

そんな風に実感する。

そうしていれば、

「レナ様さ、子供の教育で気になることがあるのならば、王様に聞いたら?」

突然、イーシャが現れてそんなことを言った。

イーシャはいまでも、やっぱり突然現れる。

「アース様に……！　そうね。アース様に聞いてみるわ」

「そうだよ。王様とレナ様は夫婦なんだから、もっと相談していいんだよ。レナ様は王様に、かっこ悪いところを見せたくないって、そればかり思っているみたいだけど、夫婦なんだから相談したらいいよ」

イーシャにいい笑顔で、そんな風に言われた。

……正直、陛下に自分の情けない姿を見せるのは恥ずかしい。完璧な私を見てほしいと思っている。

だけれども――私と陛下は夫婦になった。

夫婦とは助け合うものだ。夫婦なのだから、相談して、そして心を曝《さら》け出すものだ。

お父様とお母様はそうだった。

ええ、私は……そういう夫婦に憧れていた。

そういう夫婦に――私とアース様も、そういう夫婦になれるだろうか。私と陛下がそういう夫婦になるなんて、おこがましいことを考えていいのだろうか。

ううん、いいのだ。だからこそ意見を言うところでは言うようにしないと……

「イーシャも、メルと仲良くね」

「……俺は別に。俺のことはいいから、王様のところへ行きなよ」

イーシャはそう言って去っていった。恥ずかしいのかもしれない。

イーシャが去ったあと、私はアース様のもとへ向かった。

アース様は、私のために時間を取ってくださっていた。

「レナ、どうした？」

アース様がにこやかに笑いかけてくれて、私は胸がときめいた。

「ええと、ですね、アース様……、アルベルトをどのような王にしたいですか？　私たちにとって初めての子供なので、アース様と相談したいと思いましたの。私たちは夫婦なので、そういう話し合いがアース様とできたらなと思いまして！」

私は勇気を出して、そう言った。

アース様にこのようなことを口にするのは緊張した。こんなことを言っていいのだろうか、アース様に嫌われたりしないだろうかと。

だけどアース様は笑ってくれた。かっこいい。私の胸は鼓動してしまう。

「ああ。もちろんだ。アルベルトにどんな王になってほしいか……それならば民のことを考える王になってほしいと思う。それに王の責務は重いから、俺がレナに出会ったように、支えてくれる相手に出会えたらいいが」

「……まぁ、そんな風に言っていただけるなんて」

アース様にこのように言っていただけるなんてと、感激して仕方がなかった。

って、そうじゃないわ。アルベルトのことをちゃんと話さないと。

「は、違いますわ。アルベルトのことですわ。そうですわね。アルベルトにはそのような王になってほしいですわ。そしていつかお嫁さんを迎えるのよね……。楽しみだわ」

アース様はこれからも、相談したいことがあれば相談していいと言ってくれた。

アース様に相談するのは畏《おそ》れ多いけれど、こうして私たちの距離は近づいていくのだ。

大好評
発売中!!
RC Regina COMICS
異世界でカフェを開店しました。
1~9
原作
甘沢林檎
Ringo Amasawa
漫画
野口芽衣
Mei Noguchi
アルファポリスWebサイトにて
好評連載中!
異世界でカフェを開店しました。9
甘沢林檎
野口芽衣
バカンスでLet'sクッキング!
初めての旅行先で海の家をオープン!?
大人気異世界クッキングファンタジー!
異世界クッキングファンタジー
待望のコミカライズ!
突然、ごはんのマズ～い異世界にトリップしてしまった理沙。もう耐えられない! と食文化を発展させるべく、カフェを開店。噂はたちまち広まり、カフェは大評判に。精霊のバジルちゃんや素敵な人達に囲まれて異世界ライフを満喫します!
B6判・各定価:本体680円+税
(電子含む)
シリーズ累計116万部突破!
アルファポリス 漫画
検索

RC Regina COMICS
自称 悪役令嬢な婚約者の観察記録。
1~4
シリーズ累計 35万部突破!!
(電子含む)
原作＝しき
漫画＝蓮見ナツメ
Presented by Shiki & Natsume Hasumi
アルファポリスWebサイトにて
好評連載中!!
悪役令嬢な婚約者の観察記録。
しき
蓮見ナツメ
35万部突破!!
ついにギャフンされる時が……って、どうして
プロポーズされてますの!?
大好評発売中!!
＼異色のラブ(?)ファンタジー／
待望のコミカライズ!
優秀すぎて人生イージーモードな王太子セシル。そんなある日、侯爵令嬢バーティアと婚約したところ、突然、おかしなことを言われてしまう。
「セシル殿下! 私は悪役令嬢ですの!!」
……バーティア曰《いわ》く、彼女には前世の記憶があり、ここは『乙女ゲーム』の世界で、彼女はセシルとヒロインの仲を引き裂く『悪役令嬢』なのだという。立派な悪役になって婚約破棄されることを目標に突っ走るバーティアは、退屈なセシルの日々に次々と騒動を巻き起こし始めて——?
アルファポリス 漫画 検索
B6判/各定価:本体680円+税

本書は、2017年10月当社より単行本として刊行されたものに書き下ろしを加えて文庫化したものです。


この作品に対する皆様のご意見・ご感想をお待ちしております。

おハガキ・お手紙は以下の宛先にお送りください。

【宛先】

〒150-6008 東京都渋谷区恵比寿4-20-3 恵比寿ｶﾞｰﾃﾞﾝﾌﾟﾚｲｽﾀﾜｰ 8F
（株）アルファポリス　書籍感想係

メールフォームでのご意見・ご感想は右のＱＲコードから、
あるいは以下のワードで検索をかけてください。

アルファポリス　書籍の感想　検索

ご感想はこちらから

レジーナ文庫

妃《きさき》は陛下《へいか》の幸《しあわ》せを望《のぞ》む 2

池中《いけなか》織《おり》奈《な》

2020年11月20日初版発行

文庫編集－斧木悠子・宮田可南子
編集長－太田鉄平
発行者－梶本雄介
発行所－株式会社アルファポリス
〒150-6008 東京都渋谷区恵比寿4-20-3 恵比寿ｶﾞｰﾃﾞﾝﾌﾟﾚｲｽﾀﾜｰ8階
TEL 03-6277-1601（営業）　03-6277-1602（編集）
URL https://www.alphapolis.co.jp/
発売元－株式会社星雲社（共同出版社・流通責任出版社）
〒112-0005 東京都文京区水道1-3-30
TEL 03-3868-3275
装丁・本文イラスト－ゆき哉
装丁デザイン－ansyyqdesign
印刷－株式会社暁印刷

価格はカバーに表示されてあります。

落丁乱丁の場合はアルファポリスまでご連絡ください。

送料は小社負担でお取り替えします。


ISBN978-4-434-28111-2 C0193